사순절

— 마흔 번의 순례, 마흔 개의 노래

사순절

— 마흔 번의 순례, 마흔 개의 노래

김영래 시집

토담미디어

차례

잔을 거두소서.
당신의 뜻에 어긋나는 일이 아니라면, 전능하신 이여,
부디 저에게서 이 잔을 거두소서. 그리고

멀리 하소서.
이 죄인을 버려두소서.

사순절

— 마흔 번의 순례, 마흔 개의 노래

오래된 우물과 신성한 돌
— 사순절 1

그 나무의 이름은 잊었네.
우물가 빨래터 위로 싱그러운 그늘을 드리워주던 나무.
염소가죽 두레박으로 펴 올린 물은 서늘했지.
발끝이 가려운 실뿌리 맛과
이끼 낀 사암(砂巖)의 향기가 나던 물.
땅 속으로 스미었다 하늘 아래 다시 눈뜨기까지
오래 사행(蛇行)했던 물의 유연한 비늘이 느껴졌지.
더위에 지쳐 찾은 그늘에서
한 동이 물이 목을 휘감던 느낌이란……
두레박의 줄은 나무에 매여 있었고
밤이면 나무 아래에 양초 한 자루가 밝혀졌지.
등껍질이 두꺼운 암청색 파충류처럼
뿌리가 땅 속으로 스며드는 곳, 바로 그 곁에
얇은 자리를 깔고 보낸 이틀 동안의 밤.
촛농을 남기고 스러져간 두 밤의 꿈.
하나는 촛불과 밤에 관한 꿈이었고, 다른 하나는
우물을 들이마시면서 가득 채워 넣는
뿌리에 관한 꿈이었지.

물과 뿌리는 그렇게 몸을 비비고 서로를 얽으면서
영겁의 밤이 깃들인 탄층과
비늘줄기로 싸인 빛의 운모(雲母) 사이에서
때론 직류하고 때론 역류하면서
꽃과 새들의 산날을 짐시하고 있있네.
누 꿈속에서 두레박은 언제나
빛과 어둠 사이에, 우물과 나무 사이에 놓여 있었지.
둘 사이에 놓인 두레박에 실려
하늘 위로 내 몸이 떠올려지며
하얗게 땅 속으로 잦아늘던 꿈.
그 나무의 이름은 생각나지 않네.
그곳을 떠날 때, 내가 베고 자던 돌을 뿌리 곁에 세워 놓고
물 한 동이 부어주고 왔지.
장닭이 홰를 치는 여명,
우주의 물동이가 그루터기처럼 불음켜를 불려 가는
광야의 빛 속에서.

그 마구간의 짚 향기
— 사순절 2

굴레를 씌우지 않은 망아지가 껑쭝껑쭝 땀을 뛰다가
기쁨에 겨워 방귀를 뀐다.
성급한 봄.
망아지 같은 봄.

봄이 처음인 망아지는
풀이 자라 오르는 속도에도 찔린 듯이 놀라고
꽃이 지며 귓등을 더듬는 기척에도
화들짝 머리를 흔들며 발길질을 한다.
이리도 눈부신 봄.
철이 없어 무렴한 망아지 같은 봄.

차라리 내가
저 벌룽거리는 젖은 콧구멍으로 들고나는
바람이었으면.
머리를 들이대며 혀로 감아 뜯다가 도로 뱉는
풀의 향기였으면.
그랬으면. 차라리 그랬으면.

〉
어리지만 이미 어느새
무릎과 발목이 단단한 몸속으로 흘러
힘의 순환기를 따라 돌며 얼얼하게 데워져 뿜어 나오는
숨결이었으면. 내가 그 숨결이었으면.
오, 아니, 과부하로 쇠진해진 대지를 법고(法鼓)처럼
두드려대는
발굽이었으면.
전령의 말발굽이었으면……

날이 저물고 밤은 차다.
족제비와 올빼미가 함께 사는 마구간에 등불이 켜지고
구유에는 건초가 가득 쌓여 있다.
밤의 들판으로 훈김처럼 새어나오는
똥과 풀과 털의 향기.
똥과 풀과 털의 온기.
어미 곁에 누운 망아지의 눈이 검실거리고
어미는 새끼의 목덜미를 핥아준다. 이제

〉
곧 망아지가 잠이 들면
대지의 심장은 크게 뛰며 밤을 새우리라.
내 심장은 더욱 뛰며 잠 못 이루리라.

잔을 거두소서.
당신의 뜻에 어긋나는 일이 아니라면, 전능하신 이여,
부디 저에게서 이 잔을 거두소서. 그리고

멀리 하소서.
이 죄인을 버려두소서.

고요한 밤 거룩한 밤
― 사순절 3

고원의 밭은 별에 잇닿아 있다.
잔설이 녹아 땅의 숨구멍들마다
꽃마리나 벼룩이자리, 황새냉이가 꽃을 피우면
하늘의 야생화들도
꽃마리와 벼룩이자리와 황새냉이의 향기를 지닌다.
별들이 밤의 꼬투리를 터뜨리고 출가할 듯
또랑또랑한 날,
고원의 농부는 소를 깨운다. 아니,
그 때를 잘 알고 있는 황소는 벌써부터
감자만 한 눈을 둥그렇게 뜨고 기다리고 있나.
어둠 속에서 등짝을 토닥거려 줄
농부의 꺼칠한 손을.
둘은 말없이 나가 밭을 간다.
하늘이 심고 하늘이 거두는 천수답.
하늘의 밭.
내 마음 천둥지기엔 어떤 별을 심을까, 묻지 않아도
소는 알고 있다.
춘분이 오고 초승달과 개밥바라기별이 함께 뜨고

땅을 뚫고 솟은 싹의 쓴맛이
항생(抗生)의 힘으로 봄의 유산균을 배양할 때
초유(初乳) 몇 동이 이고 와 달이 부려놓고 가는 밭에
어떤 씨앗을 뿌려야 하는지.
쑥과 씀바귀, 질경이와 민들레처럼
강인한 것들. 한데서 겨울을 난
어린것들─당신의 어린 양들.
몸소 파종하는 이가 오시기 전에 밭을 갈아둬야지.
파종하는 이가 몸소 찾는 밭이 되어야지.
누렁아, 너의 뿔에 걸린 별의 화환.
고랭지 뭉우리돌 위에 측선을 비비는 은하의 비늘.
누렁아, 너의 콧김에 산개성단으로 부서지는
찬 밤의 공기.
별꽃 터지는 하늘 이랑엔
전에 못 보던 야생초들.
소가 끌고 농부가 따르고 앞서거니 뒤서거니
누군가 함께 걷고 있는데
아무도 알지 못한다.
누렁아, 너의 등허리에 비껴 누운……

길갈의 봄*
— 사순절 4

환대하듯 잘 닦인 길이 곧게 숲에 닿아 있고
가로수들 연호하며 녹색 띠를 잇고 있는데
길바닥은 아스팔트로 포장되어 있고
숲에서 날아온 꽃씨들 따라 길의 끝까지 가면
칠근이 빅힌 시멘드 덩이리와 이제는 못 쓰게 된 흙
더미와
제멋대로 절단해 놓은 바위들이 버려진 채 둔덕을 이
루고 있다.
그 옆엔 경작된 땅이 있고 햇빛 아래서 보면
은빛 상 같은 비닐하우스가 빽빽하세 들을 덮고 있고
비료 부대가 쌓인 농가들 지나 산모퉁이 돌아가면
신도시가 들어설 개활지의 흙이
산도 높은 속을 붉게 드러내고 있다.
누군가 그 귀퉁이에 상추와 고추를 심어놓았고
트럭 한 대쯤 되는 폐 건축 자재를 부려놓았고 그 뒤엔
검푸른 실개천이 엉겨 붙어 있고
역한 물줄기 더듬어 산자락에 이르면
수십 마리의 개들이 아우성치는 낡은 컨테이너 집 한 채.

밀도살한 개의 가죽과 뼈가 타고 있는

잉걸불 위의 가마솥 하나.

방금 도착한 듯싶은 두 대의 승용차 위로

모시나비의 날개 같은 꽃잎과 고운 흙먼지가 분분히

내려앉고 있다.

꼬리를 치면서도 송곳니를 드러낸 채 짖어대는 도사

견들.

개장 위엔 우윳빛 비둘기를 한 마리 한 마리씩 날려

보내는

목련 꽃숭어리들. 왕벚나무와 목련나무는 이제 곧 베

어질 것이고

수캐들의 저 맹목적인 사나움을 진국으로 고아낼

땔감이 될 것이다. 노둣돌처럼 박힌 개발제한구역 표

석에

출입 통제용 쇠사슬이 달려 있고 그 옆엔

피가 채 마르지 않은 망치가 뒹굴고 있다.

어떤 땅은 검게 젖어 있고 어떤 땅은 녹슨 쇠처럼 바

싹 말라 있어

비릿함과 쇳내와 맹포함이 동시에 태양을 빨아들이며

봄의 선혈이 터지는 야산과 경쟁하듯 핏발을 세우고

있다.

개 사육장을 돌아 그 뒤로 이어지는 오솔길엔

무엇이 있을까? 무엇이 있을까⋯⋯

길은 쓰레기 더미 사이로 이어시고

아까시나무 숲 그늘엔 사금파리와 빈 깡통과 파리 떼

가 잉잉거리며

빛을 발하고 애기나리가 군락을 이룬 응달엔

권태와 염증이 썩은 버섯 냄새를 풍기고 그것은

두려움처럼 막막한 칡덩굴 속에서 요지부동하게 노

려보는

얼굴 하나를 감추고 있다. 좀 더 갈 것인가,

갈 것인가?⋯⋯ 길은 점점 더 음습해지고

빛과 그늘이 어룽지는 눈두덩엔 신열이 돋고 발밑에

밟히는

어떤 것도 알아볼 수가 없다. 어느 정도는 무심해지고

또 약간은 수치스러움을 참아내기도 해야 하리라. 이

경우

끔찍함은 친숙함이다. 그러니

끝까지, 길의 끝까지 가자.

* 길갈: 이집트를 떠나 사십 년간 광야를 떠돌던 이스라엘 민족이 요
단강을 건너 가나안 땅에 들며 처음으로 장막을 치고 머물렀던 곳.

사라예보의 장미*
― 사순절 5

봄비는 죽은 자들의 뼈를 마디마디 더듬어
거기 남은 한 점 살의 기억으로 생의 덧없음을
인대처럼 질기게 속삭이고
어떤 빗방울은 독버섯을 깨우고 또 어떤 빗방울은
제가 젖을 먹인 어린 짓에게서 이미 틀려버린 징조를
읽어내며
밤새 온갖 것을 깨우고는 땅 속으로 잦아드니
그 잦아듦은 시작도 끝도 아닌 것.
차라리 끝이었으면 좋았으리라, 몹쓸 운명의 땅에 씨
뿌리는 농부에겐.
한 침상에 누웠다가 홀로 된 가난한 과부에겐.
고통이 갉아먹은 얼굴들이 단층으로 드러나는 아침,
어느 밤 부엉이 떼가 잠의 옆구리를 뚫고 둥지를 유
린했을까.
회한도 기대도 없는 봄이어라.
안도감도, 배불리 먹을 한 철 희망도 없는.
사라예보의 장미는 겨울에도 꽃을 피워
모든 계절이 5월인 듯 중오의 화단을 넓혀가고

반은 피이고 반은 유황인 봄비는

그 액체적인 절규로 어떤 가시를 벼리려 하는가.

우리가 가진 누룩은 교만. 독선의 빵과 살활(殺活)의 술로

축제를 벌이니, 단옷날 갈무리한 갈대청 같은

슬픔의 떨림판을 진동케 하여 음악을 연주하라.

너희 어린 양들을 끌고 가 왕들 앞에 무릎을 꿇게 하라.

우리의 왕국은 죽은 아이와 죽은 어머니의 뼈를 이어

길이를 재고 썩은 살로 무게를 달고

흥건한 피로 용적률을 채운, 바로 그 땅 위에

세워진 왕국. 들어라, 누군가 소리친다,

내가 문 밖에 서서 문을 두드리고 있다! 고.

하지만 이 시련은

칼과 숫돌, 흙 가마와 숯의 시련도 아니고

소리를 익혀내기 위해 불과 소금으로 맹종죽을 제련하여 구한

대금(大笒)의 시련도 아니고

강직한 한 음을 위해, 지금껏 세상이 듣지 못한 가락

을 위해

　굽은 나무를 눅여 펴고 곧은 나무를 욱여 굽게 하는
시련도 아닌,

　굽은 것들이 휘휘 감겨 가슴을 죄며 얼크러지고

　곧은 섯블이 서로의 심장을 거누어 찌르는,

　힘껏 찌르는 시련이니,

　광기의 시련이니

　벌레 먹은 자리로부터 추하게 썩어 들어간 곳을

　옹이로 박피(剝皮)로 단단히 굳혀

　더욱더 사나운 존재가 돼라.

　용병이 돼라. 동원된 힘이 돼라.

　뭉쳐진 함성이 돼라.

*사라예보의 장미: 보스니아 내전 때 건물 밭벽에 남은 박격포와 수류
　탄의 구멍들을 일컫는 말.

힌놈의 골짜기* 그 끄트머리에서
― 사순절 6

밤이 곁을 내어준 비탈에 터를 잡고
나는 몇 번인가 그곳까지 가서
빛의 알을 품어주고 왔다.
짚으로 탈곡된 내 날들의 둥지에
씨앗을 깔고 산란해 두었던 생명.
길이 끝나는 곳 벼랑에,
하늘매발톱 꽃봉오리 터지는 산턱에
산양의 젖으로 양육해 두었던 핏덩어리.
밤의 끝까지 가서 다시 한 번 빛의 알을 품고
사랑한다고
사랑한다고, 아직 오지 않은 먼동의 소년에게
속삭인다. 밤 들판의 불로 온후해진 가슴,
재 속에 숨어 불씨를 가꾸던 입김으로.
그 후 나는 여러 번 잘못 갔다.
흐트러진 길,
함락된 해안의 초소에서 움츠려 떨 때
어둠은 얼마나 큰 외로움인가.
야행하는 종교가 밤눈 어두운 행인들을 덮치고

덤불을 껴안고 노숙하는 순례자들의 중얼거림
검보라색 여명을 예언할 때
죽은 그루터기에서 싹을 틔우는 이 어둠은
얼마나 큰 기다림인가.
오, 누려움이여. 떨며 내 녕혼의 내아에게
홀로 속삭이며 스스로를 위로하는 밤.
그 밤의 복판을 지나
강등되어 내쫓긴 세계의 끝까지 가서
내 앙가슴으로 포란한 여명은 아직 작지만
신력(神歷)의 해시계가 멈춘 사막,
빛의 화석까지 도굴 당한 사원에서
너도밤나무 장작불로 익힌 희망.
호랑가시나무 불꽃으로 지킨 기억.
그 후에도 나는 여러 번 그곳까지 갔다.
어린 양의 발소리로 왔던 사람들 모두 떠나고
먼 데서부터 얼어붙는 발자국이 밀행하며
보폭을 가로막는 길.
내 일찍이 상상조차 할 수 없었던 극지(極地),

한 종족의 꿈이 집단 폐사한 곳까지 가서
내 각혈의 알을 품고
길들여지지 않은 야생의 불을 꿈꾸며
재와 씨앗을 함께 묻어주고 왔다.

*힌놈의 골짜기: 구약 시대 예루살렘 남서쪽에 있었던, 어린아이를 불
 살라 제물로 바치던 곳. 쓰레기 소각장도 함께 있었다고 한다.

밤의 경전
— 사순절 7

그 어떤 발도 기억하지 못하는
길의 밤 속에
문맹의 책이 펼쳐져 있다.
흔적이 끊기며 사라지는 것들의 친구인
밤. 잃어버린 언어의,
망각된 종족의 책 위에 별의 입김이 스치고
문자들은 태고의 침묵보다 더 아득하다.
숨결이 끊긴 악보,
모든 문장이 행간으로만 이루어진 서책.
암흑으로 꽉 채워진 여백의 친구인
밤. 노래와 낭송의 떨림은
이슬이 맺힌 비늘을 반짝이며
녹청색 파충류처럼 꼬리를 감추고
그 짐승에 대한 기억은
어떤 행성에도 기록된 바가 없다.
망각의 밀도에 묻힌,
백치들의 가시덤불이 우거진
길의 밤.

별과 별 사이의 공간으로 성운이 흐르고
삼각점 밖 공허의 궤도에서 소멸하는
혜성의 붉은 꼬리.
여기,
화석보다 더 외롭게, 더 어둡게 살다 간
멸족된 마지막 후예가 남긴
자서전이 있다. 북극의 언어로
오로라의 정적만을 가득 새겨 넣은 책.
모래알이 되는 닿소리들과
모래알들로 지은 모음의 동혈(洞穴).
가다가 돌아 나온 뒤 다시는 찾아들지 못하는
청춘의 폐사지(廢寺址)처럼
길들은 씨가 마른 언어의 가계(家系) 속으로 헝클어
지고
이 허황한 무(無)의 길 위에서
실족하는 자들조차 없구나.
망각에 대한, 망각보다 더 오래된
망각의 친구인 밤.

예레미야의 애가

— 사순절 8

나의 오른쪽엔 죽은 자.

나의 오른손은 그의 왼손에 묶여 있네.

나의 왼쪽엔 죽은 자.

나의 왼손은 그의 오른손에 묶여 있네.

내가 오른팔을 들어 나 여기 살아 있다 손짓하면

나의 오른쪽 죽은 사는 왼팔을 들어 나 여기 죽어 있
다 손짓하고

나의 왼팔은 나의 왼쪽 죽은 자의 오른팔이 되어 허
우적거리네.

나는 죽은 자늘과 낡인 살아 있는 사.

한 죽은 자가 나를 자신의 오른팔로 삼고

또 다른 죽은 자가 나를 자신의 왼팔로 삼았네.

나는 오른쪽 죽은 자의 왼쪽에,

왼쪽 죽은 자의 오른쪽에 나의 자리를 가지고 있네.

오래전 어떤 선지자가 예언하였다지,

아버지의 나라에서 바로 그렇게 되리라고.

죽음은 내가 물려받은 위대한 유산,

내가 분양 받은 영생의 거주지.

죽음이 나를 자신의 오른쪽과 자신의 왼쪽에 앉게 했네.
나는 그를 아버지라고 불렀네.
나는 그를 어머니라고 불렀네.
살아남아야 했네.
살아나야만 했네.
나는 오른쪽 죽은 자를 끌고 일어나
왼쪽 죽은 자를 끌며 걸었네.
한 발자국 또 한 발자국
죽은 자들을 일으켜 세우며 걸었네.
나는 기도했네.
그를 아버지라고 불렀네. 그를 어머니라고 불렀네.
나는 내 손을 물어뜯었네(죽은 자들은 손이 없었네).
나는 내 손목을 뜯어먹었네(죽은 자들은 손목이 없었네).
나는 내 저주받은 손들을 먹어치웠네.
그리고, 달아났네.
죽은 아버지로부터. 죽은 어머니로부터.
나는 내 손목을 끊고 살아났네.

나는 내 손을 뜯어먹고 살아남았네.

내 오른쪽 죽은 자가 나를 아버지라고 불렀네.

내 왼쪽 죽은 자가 나를 어머니라고 불렀네.

아주 오래전 한 선지자가 예언하였다지,

아버지의 나라에서도 틀림없이 그렇게 이루어지리라고.

천로역정
― 사순절 9

그는

갔지만
돌아오지 못한 자.
영혼은 두고 몸뚱이만 돌아온 자.
그 길의 끝,
별들이 궤멸하는 벼랑에
정신을 깃발로 걸어두고
그 벼랑과 깃발을 잊어버린 자.
깃발의 펄럭거림도 듣지 못하는 자.
그렇게 그는
돌아온 자.
제 자신마저 대동하지 못한 채
그림자로 귀항한 자.
백척간두의 빛, 심연 속으로
가족과 친구를 밀어버린 자.
유명(幽明)의 해일 속에 자아를 난파시킨 자.
그는

자신의 정신을 거세해

세상에 하나뿐인 수컷을 봉헌한 자.

자신의 성좌를 십자가와 맞바꿔버린 자.

그는 종루에서 동아줄을 타고 내려와

지하실에 엎드린 자.

종이 걸린 다락의 흰 비둘기를 날려 보낸 자.

그는 스스로 쥐가 되어

더 이상 낮아질 수 없는 바닥까지 기어 내려가

오체투지한 자.

다시는 제 입으로 되뇔 수 없는

부름의 주구(走狗)가,

소명의 내시가 된 자.

그는 갔다가 돌아온 자.

영혼을 바치고 버린 몸으로 귀향한 자.

텅 빈 바랑 하나로 생을 축약시킨 자.

그는 완전히 헐벗은 자.

더할 나위 없이 얼빠진 자.

신(神)의 난자 두 개로 처녀생식 하여

다시 태어난 자.

그 절벽의 꼭대기에서 밀어버린 기억들이

몹시 펄럭이다 터뜨리는 종소리,

종소리는

한 성당 종지기의 천로역정을 속삭이지만

이제

그의 성지는 진흙,

그의 순례는 광기,

그의 중언은 빙의(憑依).

그는

갔다가 돌아온 자.

끝까지 갔으므로 돌아오지 못한 자.

돌아오지 못한 채로

끝끝내 돌아오고야 만 자.

새벽이 오기 전에 걸어온 사람

─ 사순절 10

무희여, 지난 사육제 때
네가 너의 입맞춤으로 깨워 춤추게 한
그 사람의 이름을
너는 알고 있느냐?
말해다오, 그가 어디에 있는지를.
아직도 자신의 시원(始原)에 무릎까지 담근 채
암흑의 물을 뚝뚝 흘리며
혼돈에서 깨어나 몸을 일으켰던 사람.
무희여, 그는

저녁이 매만지다 한밤중에다 내던져버린 사람.
진흙더미 속에 버려진 진흙 덩어리.
말해다오, 네가 그 이름을 듣고는 잊어버린
그 사람이 어디에 있는지를.
밤이 그의 얼굴을 지워버린 뒤
나의 형제라고 말하기 전에.
진흙더미가 진흙 덩어리를 부둥켜안고는
내 살이요 내 뼈라고 말하기 전에.

〉
　우리는…… 그래,
　우리는 모두 새벽이 오기 전에 걸어온 사람들.
　새벽이 오기 전에 그가 자신의 이름을 알아듣지 못한
다면,
　또 내가 내 이름을 알아듣지 못해 고개를 돌려버린다면
　모든 진흙은 빚어지기도 전에 굳고
　굳기도 전에 이지러지고야 말리.
　말해다오, 모든 견고한 것들이 부스러져
　먼지가 되기 전에.

　무희여, 지난 춘분제 때 네가
　등잔에 불붙여 그의 심장을 신방(新房)처럼 밝혀주
었던,
　또 그가 너의 손끝과 발끝에 달린 끈에 매달려
　너와 함께 시가지와 들판을 누비며 춤추었던
　바로 그 사람의 이름을
　너는 알고 있느냐?

〉

번데기에서 미래의 나비를 보는 이의 서판에

그가 있거늘,

죽은 번데기에서 나비의 비문(碑文)을 읽은 이가 있

거늘

아, 지금 누가

불과 재 사이에서 울고 있는 것인가.

소리 없이 잠의 휘장을 흔들며 스며드는

검은 연기. 이 연기는

결코 연기로 사라지지 않는

어떤 고통을 중얼거리고 있는가.

아이의 잠자리를 빗속에 두고

혼자 이부자리에 누운 듯한 이 봄.

아무도 모르게 손이 자주 가는 상처

여럿인 몸으로 꽃이 피고 싹이 돋고

잎이 지고 꽃이 저물고…… 무희여, 지난 축일(祝日) 때

점토 인형으로 깨어 춤추었던 그를

지금 어떤 시간이 잠재우고 있는가.

모래로 된 가슴에
눈물로 적셔 가꾼 이끼 둥지 하나
여기 있거늘.

밤이 곁을 내어준 비탈에 터를 잡고
나는 몇 번인가 그곳까지 가서
빛의 알을 품어주고 왔다.
짚으로 탈곡된 내 날들의 둥지에
씨앗을 깔고 산란해 두었던 생명.
길이 끝나는 곳 벼랑에,
하늘매발톱 꽃봉오리 터지는 산턱에
산양의 젖으로 양육해 두었던 핏덩어리.

킬링필드
― 사순절 11

1

뚜얼슬렝 박물관. 사신(死神) 폴 포트는
한 고등학교를 사회주의 교리의 재교육장이자
낡은 도덕의 뇌 세척실로 개조했다.
집단 수용소. 굴종과 죽음의 교실들.
역사주의자들이 현실화한 인간의 아주 오래된 악몽이
그곳에 있다. 우리는 그것을 이상이라고 불렀다.
거울을 보자. 거울 속 캘리밴은 우리 자신이다.

2

네 동의 건물들. A동은 고문실.
콘크리트 바닥에 고정된 쇠말뚝들, 철제 침대들.
고문 도구함으로 사용된 탄알 상자들.
C동은 교실과 교실 사이의 벽이 트인 채
너비 팔십 센티미터 길이 이 미터 정도의 독방들이
양옆으로 마치 일어선 석관(石棺)들처럼 도열해 있다.
B동은 기록 보관실. 수감자들의 사진 촬영과 조서 작
성이

이루어지던 곳. 사면 벽에 빼곡하게 붙은 사진들엔
분류 번호가 매겨져 있다.
'14-5-7-8', '10-12-56'.

3
불안으로 가득 찬 얼굴. 성그린 얼굴.
흉기에 일그러진 얼굴. 공포로 휘둥그레진 얼굴.
굴욕 당하고도 반항하는 얼굴. 체념한 얼굴.
고갈되어버린 얼굴. 소년 소녀들의 얼굴.
이미 죽은 얼굴. 부검된 얼굴.
어떤 얼굴은 애걸이 아니라 예절을 위해
공손하게 웃고 있기까지 하다.
무수한 얼굴들. 이 모든 얼굴들이
죽음이라는 포장용 테이프에 의해 하나의 상자로 꾸
려져
전송되었다. 학살의 구렁텅이로.
교정의 야자수들은 상자 속에 든
비명의 육골즙을 밤마다 마시고 토했으리라.

〉
쇼 윈도우 속에 든 옛 크메르 왕국의 지도는 해골로
가득 채워져 있다.

4
종교라는 이름을 가진 죽음의 교량 설계자들.
이념이라는 등 번호를 가진 죽음의 토목 기사들.
바벨탑은 해골로 축조되었다.
뼛가루로 벽돌을 구워 구축한 성전들.
밤의 뿌리로, 눈먼 뿌리의 맹목성으로 뒤얽힌
지상의 천년 왕국.

5
프놈펜 근교, 움팬 황톳길을 달려 도착한 곳.
별로 크지 않은 구덩이들이 여기저기 널려 있고
발굴된 유해의 숫자가 적힌 푯말이 걸려 있다.
섬뜩할 정도로 짙푸른 풀들.
스쳐가는 뱀 한 마리. 맴놀이 치는 태양.

인골로 가득 채워진 위령탑 그늘에 앉아 바라보는 죽음의 들엔

수없이 많은 나비들이 넋이 나간 듯 춤추고 있다.

해골과 나비, 그리고 태양.

다리가 하나 없는 소년이 목발을 짚고서

코카콜라를 팔고 있다.

바르샤바에서 온 생존자*
—사순절 12

1

증오여, 너의 야행성 시간이 왔으니
이제 너의 야만을 깨워라.
너의 독선을 세워라.
이 밤은 너의 전유(專有)이니,
부둥켜안고 부둥켜안아도 어둠.
부둥켜안고 부둥켜안은 자들의 어둠.
대지여, 너의 위턱과 아래턱의 어둠.
봉합된 두개골의 어둠.
이 맹목적인 암흑 속에서
마침내 야맹의 눈을 뜨자.
야맹의 확신으로 치닫자.
신념이 물고 오는 몽환의 생을 다시 한 번 살아보자.

2

그는 침묵 안에 갈라진 혀를 감추고 있다.
그는 규칙적으로 탕약을 먹고 하루 두 알의 종합 비
타민과 세 알의 간장약을 먹는다.

그는 포크와 나이프로 고기를 자른다. 피를 몽땅 뺀, 약간 붉은색이 감도는 살덩어리들. 생고기 덩어리들.

(성스러움은 그의 또 다른 악명…)

그는 항상 이기는 쪽으로 카드를 섞는다. 그가 건네준 카드에서 나는 번번이 좌절과 패배라는 검은 별자리들을 읽는다.

그의 집은 남쪽, 높은 담장에 에워싸인 붉은 벽돌집. 늘 잠겨 있는 철문은 길 건너편, 문이 없는 문지방들을 노려보고 있다.

매일 서녁 그는 수치와 굴욕의 음모(陰毛)로 엮어 만든 현으로 축배의 음악을 켠다.

그는 음악가. 그의 연주는 아름답다.

계획된 죽음의 마지막 피 한 방울까지 받아냈던 항아리에 깊이 젖은 손으로 그는 나의 어깨를 어루만진다.

어루만진다. 달의 묘지, 어머니 달의 묘지. 그는 술잔으로 아편으로, 죽은 어머니의 달 밝은 무덤에 웃음을 실어 나르며 묘석을 쓰다듬듯 강한 턱을 어루만진다.

(자비와 친절은 그의 또 다른 오명…)

그는 깨끗이 손을 씻는다. 나는 그가 즐겨 쓰는 비누
의 향기를 알아챈다.

제로에서 끝나는 카운트다운. 수를 세는 동안만 그는
멈추어 있다. 그런 다음 그는 마구 칠 것이다.

그는 나무랄 데 없이 정중하다.

3
검시관들의 밤.

몸져누운 우리의 병에는
위안이란 없다.

문병객의 가운을 입고
그들은 중환자실로 온다.
산 채로 우리를 부검하기 위해.

"질병에 대한 인간의 승리는
……인간의 죽음입니다!"

4

나팔소리. 한밤중에 울린 기상 나팔소리. 깨어나라! 우리는, 깨어난다. 누구의 꿈인지도 모르게 얽혀 잠든 고단한 잠. 빼곡한 잠. 나팔소리. 여덟 번째 봉인을 송곳니로 물어뜯은 대천사인가? 깨어나라! 깨어나자, 악몽이다. 수십 명의 잠이 한꺼번에 쏟아져 나가자 수백 수천의 악몽이 된다. 이 꿈은 누구의 것인가? 걸어 넘어뜨리는 발, 걸려 넘어지는 발은? 어깨에 부딪치는 돌올한 뼈, 통곡의 벽으로 일어서는 고향의 꿈은? 파수꾼아, 파수꾼아, 우리를 깨운 건 어떤 나팔소리이냐? 파수꾼아, 파수꾼아, 얼마나 울어야 꿈이 깨겠느냐? 얼마나 오래 꾸어야 한낱 꿈이겠느냐? 신은 꿈과 꿈의 행간으로 오시고 아, 이 꿈엔 쉼표도 행갈이도 없다. 손등을 뒤집자 핏자국 선연한 손바닥. 이 손바닥은 누구의 것이냐? 나팔소리. 한밤중의 나팔소리. 깨어나라! 깨어난다. 달린다. 달려간다. 막사 안에서 막사 밖으로. 꿈의 안쪽에서 꿈의 바깥쪽으로. 한꺼번에, 모두 함께 죽음은 죽음이 아니라고 믿으면서. 죽음이 아닐 거라고

가정하면서. 아니지 않느냐고 의심하면서. 우리, 떼죽
음 당하는 자들만큼의 구세주들을 그리는 자들. 죽는
자들만큼의 메시아를 가진 자들. 천국엔 오뉴월에도
서리가 내리리라, 내리리라, 저주하는 자들.

* 「바르샤바에서 온 생존자」는 1947년에 작곡된 쇤베르크의 음악. 가
  스실로 끌려가는 유대인들의 모습을 남자의 내레이션과 합창, 오케
  스트라에 담았다.

어머니, 죽은 자들을 위한 산 자들의
— 사순절 13

삼월. 초사흘. 신생의 달.
초저녁의 추위. 꽃봉오리를 닫는
양지꽃, 복수초, 얼래지.
보리 싹이 패는 남도의 들.
이내 속으로 번지는 들불.
서쪽 하늘엔 신성한 어머니의 별, 금성.
현묘한 골짜기에서 솟은
시원(始原)의 어머니, 검은 비너스의 별.
피를 뒤집어쓴 채 울부짖으며
산 채로 죽음의 계단을 밟고 내려가
필사의 심장을 움켜쥐고서 등극한
여신의 별. 여왕벌의 별.
그대 여러 이름으로 불리었고 지금도
여러 이름으로 칭송될 수 있으니
이곳은, 초산(初産)인 대지.
이른 봄의 추위.
지금, 첫 아들을 본 대지엔
피가 슬어 있고 양수 같은 비가 내리고
거친 바람은 황량한 산야에 들불을 일으키고

연이은 황사. 대륙의 병마(兵馬)들이 고비사막을 지나
우레처럼 하늘을 달리고
죽은 자의 피가 스민 들엔
앞 다투어 피는 꽃들. 삼월.
초사흘. 하늘엔 초생(初生)의 달.
낮에 맡긴 첫 아들의 달. 어머니,
그 많은 피를 마시고
뒤집어쓰고서 하혈하는
여인. 헐벗은 들엔 보리가 싹을 틔우고
혼곤한 볕 아래서 아이들은 보리를 밟고
춘궁(春窮)의 꿈과 실의.
젊은 사랑을, 첫 아들을 잃은
대지의 봄. 저기
죽은 자들의 어머니는 산 자들을 위해
옥양목으로 짠 저승길에 노잣돈을 놓고
넋 당석을 띄우고
그 길 닦음은 다시 누구의 죽음에 이르는지.
어떤 죽음을 불러들이는지.

카인의 동쪽

— 사순절 14

나는 떠난다, 당신의 해안을.
정박은 끝났다.
나의 출항은 도주인가.
뭍을 향해 두 개의 큰 가슴을 밀어 넣고서
바다가 젖을 먹여 부양한
평화로운 만.
아침의 비는 걷히고
섬들괴 숲에서 피어오르던 구름들도 흩어지고
바다는, 다시 만조.
내항으로 몰려든 은빛 물고기들.
태양의 함성과 권태에 젖먹이처럼 귀 기울인 해안.
휴식은 끝났다.
나의 항해는 추빙인가.
무수히 바다를 건너오던 새들도 자취를 감추고
저녁의 비상은 두 날개를 접는다.
구름과 겹쳐진 섬들의 실루엣이 사라진다.
감히 어떤 날개도 바닷길을 넘보지 않는 황혼.
나는 나의 유일한 해안을 버렸다.

나는 박쥐처럼 출격한다.

부동의 갑(岬)들, 등대와 항로 표지등들.

내가 내 열정을 고갈시키면서 타올라

재의 거목으로 한낮의 싱그러운 그늘을 식목했던 곳.

유혹조차 당신의 약속이었던 곳.

나의 노동과 휴식은 도주였는가.

불면의 밤들로 먹의 샘을 팠던 날들,

그 샘물을 퍼서 움틔웠던 여명의 텃밭들.

그 심려와 근면이야말로 추방이었나.

나는 떠난다, 당신의 해안을.

나는 밤바다에 쥐새끼처럼 내던져진다.

세 개의 노래

― 사순절 15

불목하니

아주 오래전
나는 샘을 지키는 자였네.
그 전에는
물동이를 나르는 자였네.
또 그 전에는
물레방앗간에서 곡식을 빻는 자였네.
버려진 함지박과 돌확을 주워와
그 안에 부레옥잠과 어리연꽃을 가꾸었네.
나는 나그네들이 마시고 간 물잔을 닦았네.
샘물은 아주 조용히 솟았네.
그 소리는
나를 잠들게 할 만큼 은은했고
그 잠을 깨울 만큼 영롱했네.
나는 잠이 들다가도 깼고
깬 채로도 잤고
자면서도 깨어 있었네.

샘물은 조금씩, 아주 천천히 솟았네.
샘물이 샘의 입 안을 가득 채우다가
입술을 적시며 넘쳐흐를 즈음이면
나그네들이 왔네.
그들은 언제나 혼자서 왔네.
나는 그들의 얼굴을
샘에 비친 그림자로 보았네.
그 얼굴은
샘의 솟음에 과육처럼 웅어리졌고
샘에 기울인 그들 자신의 숨결에
파문이 지며 흩어졌네.
샘을 마주 보는 그들의 얼굴은 환했네.
나그네들은 내가 건넨 물잔으로 샘물을 마셨고
그들의 얼굴은 샘에 가득 담겼다가 비워졌네.
그들의 갈증도 채워졌다가 비워졌네.
나는 빈 물잔을 닦았네.
나그네들은 왔을 때처럼 혼자 떠났네.
샘은 가득했네.

나는 지금도 그곳을 선명하게 떠올릴 수 있네.
땅 속에서 솟아오른 뿌리가
손금처럼 펼쳐지다 다시 땅 속으로 잦아드는
숲 한가운데의 샘.
그러나 이제는 찾을 수 없네.
아주 오래전
나는 샘을 지키는 자였네.
그 전에는……
또 그 전에는……

대장장이

불은
송두리째 산을 태우고도 밤을 향해 돌진하지.
불의 태실(胎室)인 곳.
불은 회유하여 원천에서 쉬리니,

산을 넘고 강을 건너뛴 불은

밤의 아들로서의 사자 같은 용맹함으로
어둠에게 빛의 문자를 세우고
검은 장미의 술을 고갈시키고 나서야
비로소 취하리니,

취한 불은
밤의 폐허에서,
무너져 내린 어머니의 별궁(別宮)에서,
제 피로 녹인 칠흑 도가니의 숯 더미에서
또 다른 생의 불씨를
밀인(密印)으로 지녀 봉함할 것이니

불의 죽음은 단지 잠일 뿐.
붓 뚜껑에 씨앗을 감춰 밀행하는 자가
꿈의 세계 어느 국경을 넘고 있는지
누구도 알 수 없음이라.

도공

그들 안에 숨겨진
닫힌 화산,
그 안의 지옥과 열꽃 천국을
모르신나면,

그 불을 밟아 끄거나
그 불에 발을 데지 않고
당신이 오신다면

비록
제 안에 계신 당신일지라도
저는 당신을 모른다고 할 것입니다.

그들 안의 숨은 화산을
맨발로 밟아 끄거나
그 불에 덴 발로 오십시오.

저에게로 오십시오.

그 외로운 불,
아무도 핍박하거나 눈여겨보지 않는 불,
어두운 불.

바로 당신의 불.

순례
― 사순절 16

피닉스는 오백 년마다 한 차례씩 레바논의 삼나무 숲으로 날
아가서 자신의 날개를 좋은 향기로 가득 채운 다음, 제단 위에
자리 잡고 앉아 불을 지핍니다. (…)피닉스에게는 자신의 목숨
을 바치기도 하고 도로 얻기도 하는 권능이 있습니다.
　　　　　　　　　　　　　　　　　　 ―『피지올로구스』*에서

지금 당신은 고원 위에 서 있다.
두 다리를 하나인 듯 붙이고 똑바로 고개를 들고서
두 팔을 벌린 채로. 그 고원은
뼈들로 쌓아올려졌다. 그것은
한 번도 피와 살에 젖은 적 없는 밀랍 빛깔이고
그 아래엔 석회 동굴이 땅 속으로 빨려들며
깊이 모를 시간의 암각화를 새기고 있다.
지금 당신은 바로 그 위에,
죽음의 태곳적 물증이 남긴 봉분 위에
홀로 우뚝 서 있다.
태양은 그 고원 너머로 지면서 뼈들에 불을 붙인다.
뼈가 타면서 빛을 비추는 이상한 밤들.
뼈가 타는 불에 피의 등유를 붓고 소신(燒身)의 향을

사르는

　눈부신 밤들. 밤은 처음엔

　주저하듯 희끄무레하다가 서서히 붉은색이 되고

　감귤 빛 자정이 지나면 흰빛이 된다.

　금속성의 마찰음이 쇠잔하면서도 끊이지 않는 백색
의 밤.

　그러다가 밤은 감귤 빛에서 다시 붉은색이 되고

　그 장렬한 놀빛 속에서 고원이 재의 형해로 드러날
즈음이면

　다시금 창백한 물의 의안(義眼)을 갖게 되고

　그 희박한 공기의 연못 속에서 새벽이 온몸을 뒤트는
것이다.

　바로 그러한 순간에도 당신의 모습은

　고원 위를 떠난 적이 없다.

　당신은 고원 위에 올려진 한 자루의 양초,

　뼈의 밀랍에 불을 댕기는 심지 같다.

　태양이 그 고원 위로 다시 떠오를 때면

　횃불을 든 팔이 되고 때로는 횃불 그 자체가 된다.

태양은 뼈들로 쌓아올린 그 고원에서,

지맥이 멍울져 임파선처럼 부어오른 곳

단애 위에서 새벽을 불붙여 오고 밤을 불붙이는지도

모른다.

시작은 있어도 끝이란 없는 지상의 강들,

그 영원한 순례의 강들 위에서 분명한 끝을,

인멸을 예고하는 강이 바다를 에워싸고 있고

고원은 그 바다에 에워싸여 있고

그 고원 한가운데에 당신은 서 있다.

지금 당신은 뼈의 고원 위에 우뚝 서 있다.

거대한 섬처럼.

근접할 수 없는 암초처럼.

죽음의 대륙, 불의 행성처럼.

* 피지올로구스(Physiologus): 기독교 자연 상징 사전. 고대로부터 전
  해오는 이야기를 근동 지역에서 처음으로 문자화하였는데, 엮은이
  조차 알려져 있지 않은 이 책의 제목은 '자연에 박식한 자'를 뜻한
  다.

나는 어떻게 작은 갈색 당나귀를 만나게 되었는가?

— 사순절 17

진정 알지 못하리라, 한해살이풀과
덩굴성 나무들이 가시를 세운 외곽,
도시의 변두리에는
문명의 찌꺼와 자연의 거스러미가 만나
잘 나누어지지 않는 거친 경계를 이루고 있고
흔히 그 언저리엔
폐유가 엉겨 붙은 버스 차부나 주유소의 기름 벙커가
있고
벽돌 공장이나 폐지 수거장이 있고
산자락을 베어 먹으며 변전소와 송전탑이 들어서 있고
또 다른 곳엔 개들을 집단 사육하는 무허가 건물과
사슴 농장들,
농가를 허물고 신축한 갈비집과 개척교회와 기도원들,
자동차가 진입할 수 있는 숲정이 어디나 버려진
골재와 아스콘 덩어리, 꽃이 만발한 아까시나무 그늘엔
십여 개의 벌통이 놓여 있고 그 옆엔
반으로 쪼갠 드럼통 속의 젖은 숯덩이들,
방수포가 씌워진 불법 적재물과 전구가 깨진

보안등 하나, 버려진 소뼈와 고양이의 사체를 휘감으며
환삼덩굴과 찔레와 미국자리공이 성곽을 이루며 뻗
쳐 있고
돌피가 무성하게 자란 묵정밭엔 언제부턴가
통풍 시설이 된 비닐하우스 몇 동이 생겨났고
어디서 날아들었는지 하나 둘 줄기를 뻗딘 가죽나무가
절개지를 따라 숲을 이루었고 칡덩굴이 나무를 감아
올라갔고
바람이 심한 날이면 검은 비닐이 걸려 흉가처럼 울었고
이상한 짐승이 절름거리며 울부짖다 가곤 하었는네
숲과 도시가 만나는 곳,
식물의 가시와 썩지 않는 폐기물이 대거리하는 경계는
도시의 주요 도로 밖에, 관내도에 잡히지 않은 채
지번 없이 산재해 있고 공원과 산책로와 등산로에서
백여 미터쯤 비껴나 방치되어 있고 우리가
옛 성읍을 드나들 때 거쳐 가는
동서남북 네 방위의 성문과도 관계없이 외곽을 따라,
동원된 병력들이 파놓은 참호를 따라,

복개 구간을 빠져나온 하천이 갖은 악취를 풍기는
시궁창들을 따라 형성되어 있어
발을 헛딛고 휘청거려본 적 없는 길손이라면, 알지
못하리라,
누구도 알지 못하리라, 그곳에 어떤 짐승이 병든 채
버려졌고
어떤 짐승이 찾아와 뼈를 묻었으며
어떤 사람들이 눈에 띄지 않게 살다 사라져갔는지,
개간된 산과 쓰레기 더미에 길조차 묻혀 잊혀진 그곳
에서
누가 길을 찾다 길 잃은 짐승을 만나
허물어진 성벽을 넘어 도시로 들어갔는지,
소리 없이 그 도시를 빠져나갔는지, 알지 못하리라,
진정 누구도 알지 못하리라.

어느 소읍에서 온 꽃 소식

— 사순절 18

1

서울 가는 방향으로 역의 오른쪽엔 읍 소재지의 시가지가 있고

철길 건너편은, 들판이다.

들판 끝엔 야트막한 산들이 옹기종기 모여 있고

산자락엔 몇 개의 부락이, 산중턱엔 무덤들이 흩어져 있다.

비닐하우스 몇 동이 세워져 있는 것을 제외하며

어디나 같은 빛깔, 고만고만한 조망이다.

전봇대가 가지런하게 서 있는 길은 농수로와 함께 곧게 나아가다가

경지 정리가 되지 않은 지점에서 곡행하며

서서히 하천의 물길과 유속을 닮아간다.

자전거 한 대가 지나간다.

장터에서 마신 낮술에 우왕좌왕하는 바퀴는

멀리서는 알아볼 수가 없다. 좀 더 아래로

남쪽에서 들려오는 꽃 소식이 낯설게 느껴지는 들녘엔

경운기 한 대 다니지 않고, 지난 장마에 무너진 다리는

방치된 채 거기서 삼십 미터쯤 떨어진 곳에 새 다리
가 생겼다.

철길은 도시와 들판 사이에 거스를 수 없는

법칙처럼 가로놓여 있다. 두 개의 통로가

역의 좌우 세계를 하나로 이어준다.

보행자는 보행자 전용 육교를 이용할 수 있고

승용차와 화물차는 제한 높이 삼 미터의 굴다리에 의
해 출입이 통제된다.

육교를 건너면 들의 초입에 버려진 농협 창고가 있다.

해거름이다. 어스름이 깊어지면

젊은이들은 육교를 건너 읍내로 간다.

한낮엔 찌그러진 술 주전자처럼 망연하던 주점들은

새된 네온사인을 밝힌다. 밤의 도시는 즐겁고

한결 젊어지고 어떤 점에서는 조금 위험해 보인다.

철길 건너편의 들판은 물 빠진 갯벌처럼 적요하다.

이내는 능라처럼 감아 돌다 청금석 빛 맑은 어둠에
젖빛 입김을 던지고

저녁은 밤으로, 밤은 새벽으로

말할 수 없이 낭창낭창한 부드러움에 목이 멘 노인처럼

질식의 황홀을 맛본다. 그 시간,

같은 묘상(苗床)에서 빛과 어둠이 교대로 싹트는 시간,

침묵만으로도 화해가 가능한 시간에

한 소녀가 죽었다. 새벽에 집으로 돌아가던 청년 두 명이

농협 창고 철문 뒤에서 시체를 발견했다.

2

열차가 지나간다. 구름들이 지나간다.

사람들은 차창 밖으로 들판을 보고 구름을 본다.

들판을 굽어보던 구름들이 차창 안을 기웃거린다.

사람들은 버섯의 포자처럼 이동한다.

땅과 표정을 나눠 가진 구름은 언덕 위에 멈추어

자신이 경작할 들을 바라보는 농부의 표정을 짓기도 한다.

사람들은, 그러나 구름보다 가볍다.

도시의 아이와 노인들은, 임신한 여자와 척수를 다친

남자들은

　가장 가까운 사람에 의해 죽임을 당한다.

　땅의 것도 하늘의 것도 아닌 표정의 사람들은 끊임없이 이동하며

　또 다른 배신의 숙주를 찾고

　사소한 부음(訃音)들이 황사를 타고 먼 하늘에서 산화한다.

　상행하는 열차가 화신(花信)을 싣고 간다.

도그펜스*

― 사순절 19

거대한 성을 쌓고
성곽을 따라 파수꾼들을 세운 뒤
성 안에 숨은 왕국.

견고한 요새를 구축하고
초병들을 배치한 뒤
요새 안에 숨은 군대.

국경은 안녕하신가.
레이더에 걸린 새떼들을 향해 함포를 발사하는
영해의 함대들.

일월성신의 길은 무탈하신가.
별을 따먹기로 작정한 자들이
그믐의 달을 나포하여
자기 나라의 영공으로 강제 예인했다는 소문이 파다한
무국적의 밤.

하나의 땅덩어리가 두 개의 대륙으로 나뉘고
두 대륙이 다시 여러 대륙으로 나뉜 것은
제국의 투기 바람 때문이라는 후문이 난무하는
글로벌의 밤.

판게아를 한 판의 입체적인 피자로 보는 사람들.

고압선이 흐르는 철책을 두르고
안팎 없는 경계(警戒) 속에 감전되는,
감전되지 않는 꿈들이여.

도그펜스 안의 개와 도그펜스 밖의 개가
흘레붙는 밤.
제국은 안녕하신가.

한낮과 한밤이 번 가르며 밀입국자들을 점호할 때
세상 모든 금수품목의 국경을 허무는 안개가
하구의 늪지대에 풀어놓는

밀선의 하물들.

밀월의 밤새들.

무렴하신가, 그대들.

외알 안경을 낀 이성의 해안이여.

눈먼 예인선에 이끌려 암초 위에 정박한

원양의 정신들이여.

* 도그펜스: 오스트레일리아 이주민들이 야생 들개인 딩고로부터 양
을 보호하기 위해 설치한 울타리. 총연장 5,320km로 만리장성보다
1,600km나 긴 것으로 알려져 있다.

바그다드의 당나귀

— 사순절 20

바그다드, 별들의 도시여. (…)
너, 대추야자와 통곡의 도시여.
— 압둘 와합 알바야티*

건초를 실은 수레였어.
이른 아침이었지.
교대 시간이 가까워 오고 있었어.
날은 추웠지만 열사(熱砂)의 신이
모래 소나기를 퍼붓진 않을 만큼 촉촉한 아침이
돋을볕 아래 짧은 평온의 한때를
종려나무 그림자로 기록하고 있었어.
반년 넘게 이어지고 있는
이 빌어먹을 연옥의 일지에다.
거 있잖아, 차도르 속에서 오아시스의 샘처럼 반짝이는
무슬림 소녀의 흰자위.
그런 아침이었어.

그래, 그건 그저 평범한 수레였어.

바그다드 시내 어디서나 볼 수 있는,
나귀가 끄는, 건초를 실은 수레.
나귀는 혼자 왔어. 주인도 없이 혼자.
그 공손하고 과묵한 눈을 검실거리면서 타박타박.
난 눈여겨보면서도 보지 않았지. 그건
바그다드 시내 어디서나 볼 수 있는 평범한 수레였으
니까.

바로 그때였어. 별안간
모래와 자갈로 된 꽃 한 송이가 만개했어.
먼지의 꽃, 모래폭풍으로 만든 해파리 같았지.
당초와 국화와 연꽃…… 또 뭐 있잖아,
그 재수 없는 이시이의 식물들로 엮어놓은
허공의 만다라. 굉음은
조금 뒤에 왔어. 거대한 먼지 구름과 함께.
대기가 유리처럼 작열했지.
발밑이 울렁거렸어.
그때 난 보았어. 나귀가 펄쩍 뛰면서 수레가 뒤집히

는 것을.

혼비백산해 몸을 날린 건 나였기에 눈을 의심했지.

포탄이 수레에 떨어졌나 생각되기도 했어.

순간이었지. 기가 막힌 노릇이었지만

한편으론 운이 좋은 아침이기도 했어.

건초가 실린 수레엔 다연장로켓발사기가 장착되어
있었거든.

쇠파이프와 시멘트로 조립된 엉성한 물건이지만

버스 하나쯤 통째로 날려버리기엔 손색이 없는 것이
었지.

우리는 나귀를 체포했어. 부대 안으로 연행했지.

녀석을 문초할 순 없었기에 물을 주었지.

당근을 몇 개 집어주자 눈에 띄게 침착해지더군.

우리는 그 말없는 짐승을 어찌해야 할지 여간 난감하
지 않았어.

한편으론 고맙기도 했지.

로켓이 한 발밖에 발사되지 않은 건 나귀 덕분이었으

니까.

  녀석이 깜짝 놀라 들뛰는 통에 수레가 뒤집혔고
  그 바람에 망할 놈의 병기가 작동을 멈추었던 게야.
  다친 사람은 없었어.

  나귀는 지금도 언빙장에 있어.
  눈을 검실거리면서 바람의 말을 듣곤 귀를 털지.
  그새 또 반년이 지났군.
  나귀의 주인은 나타나지 않고 있어.
  잿빛 긴 갈기가 족장의 수염저럼 보이는 나귀.
  바그다드의 당나귀.
  우리는 그를 후세인이라고 불러.
  이따금 당근도 주고 함께 구보도 하지.

  화염으로 찢긴
  메소포타미아의 하늘 위로 초승달이 뜨고
  열사의 신이 죽은 족장들을 깨워
  오아시스를 암장하는 사막.

테러와 공습의 또 한 해가 저물고 있어.

* 압둘 와합 알바야티는 1926년 바그다드에서 태어나 1999년 망명지
인 시리아에서 객사한 이라크의 시인.

우리는…… 그래,
우리는 모두 세벽이 오기 전에 걸어온 사람들.
새벽이 오기 전에 그가 자신의 이름을 알아듣지 못한다면,
또 내가 내 이름을 알아듣지 못해 고개를 돌려버린다면
모든 진흙은 빚어지기도 전에 굳고
굳기도 전에 이지러지고야 말리.
말해다오, 모든 견고한 것들이 부스러져
먼지가 되기 전에.

라듐 소녀*
― 사순절 21

그녀는 바그다드에서도 인기 있는 무녀.
그녀의 춤은 온 밤을 휘황찬란하게 불 질렀네.
사내들은 그녀를 향해 울부짖었지.
밤의 신기루, 사막의 아프로디테라고.
어떤 보석도 그녀와 비견할 수 없었네.
그녀의 육체는 빛나는 보석,
단 하나뿐인 지상의 별.

도굴범과 거상(巨商)들의 지하 바.
밖은, 모래폭풍에 휩싸인 진노의 밤,
수천 퀴리의 방사능이 점멸하는 천공(天空)의 빛.
그러나 이곳은
별들을 격침시킨 탄도미사일도 뚫을 수 없는
환락의 벙커.

그녀가 어디서 왔는지는 아무도 알지 못했네.
누구는 파미르 고원 저편에서 왔다고 했고
또 누구는 태평양을 건너 아라비아 해로 들었다고도

했네.

　어쨌든 한 가지 분명한 것은

　폭격의 빛과 야간 공습의 불꽃 속에서 그녀가 솟아났

다는 것.

　암서래뇌는 메소포타미아의 인깅(印흄)들처럼.

　모래 속으로 노래가 되어 사라진 제국의 옥쇄들이

　달러 방석 밑에서

　뚫린 밑으로부터 미골처럼 솟아나듯이.

　그녀는 바그다드의 능물.

　머리카락 한 올 없는 반질반질한 머리통은 달덩이 같네.

　백랍 같은 팔과 다리에서 물결치는 빛은

　전율하는 스테인드글라스를 보는 듯.

　그녀의 젖가슴, 꿀의 빛이 가득 담긴 젖통에선

　레이저 광선이 뿜어져 나오고

　넓고 부드러운 아랫배의 으늑한 골에선

　현곡(玄谷)의 어머니가 산상수훈을 설하는 듯.

필라멘트가 나간 백열의 신들.
스타트 전구가 없는 형광의 선지자들.
아, 그러나 그녀는 빛나는 인간.
발광 인간. 빛의 어머니인 인간.
신들의 밤에 밤의 신들만이 활개 치는 이 밤,
모래폭풍에 휩싸인 점령군의 밤에
티그리스 강의 옛 영화가
술의 능라 되어 흐르는 지하벙커.

이제, 곧, 그녀가 온다네.
그녀는 바그다드 최고의 무녀.
암당나귀 타고 종려나무 가지를 흔들며 온다네.

* 라듐 소녀들이 있었다. 태평양 저편, 아메리칸 드림이 피어나는 곳에. 그녀들의 몸은 어둠 속에서도 환히 빛났다. 그들은 발광 인간, 형광 인간이었다.

소녀들은 뉴저지의 한 공장에서 시계의 문자판에 라듐 페인트로 칠을 했다. 붓끝이 벌어질 때면 입술로 빨아 뾰족하게 다듬었다. 물과 라듐 가루와 풀이 뒤섞인 페인트는 아무런 맛이 없었다. 이따금 남자친구들을 놀래주려고 손톱과 이빨에 페인트칠을 하기도 했다. 제1차 세계대전 중의 일이다. 그녀들 덕분에 군인들은 시계와 조종 장치의 다이얼을 밤에도 볼 수 있었다.

1927년 라듐 소녀들은 고소인으로 법정에 섰다. 그들은 소송이 진행되는 동안 서서히 죽어갔다.

잠들지 않는 자장가

― 사순절 22

1

오랜 소갈증으로 가슴까지 타버렸으나
물 한 모금 마실 수 없는 사람.
미음조차 삼킬 수 없는 사람.
그의 정원은 사막, 이제는 황무지가 된
농원. 물이 흐르지 않는 수로와
물이 고이지 않는 연못과 구름이 머물지 않는 들.
말라죽은 나무에게 강우(降雨)를 위한 어떤 기도가
단비가 될 것인가.
그는 마실 수 없기에, 더 이상 마실 수 없기에
선친이 조부로부터 물려받은 샘은 고갈되었고
지금은 그 뜻을 알 수 없는 옛 상형문자의 수로를 따라
정원 저 아래, 포도송이 모양의 열두 연못까지 이어
지는
버드나무들은 스스로 가지들을 잘라버렸고
물고기는 씨가 말랐고 새들도 발길을 끊었네.
물 한 잔의 축복, 밥 한 그릇의 은혜. 그는
마실 수 없기에, 더 이상 삼킬 수도 없기에

사과 한 알의 풍요와 칡뿌리에 스민 땅의 혈액도

쓸모없이 고갈되었네. 그의 왕국은 폐허,

모래폭풍이 거대한 망토를 접었다가 펼치는 황야.

쑥잎으로 죽음의 부싯깃이라도 태워

저주받은 이마에 재의 십자가를 그릴 수도 없으리.

춘분이 지나고 이제 곧 보름달이 뜨니니

유월절에 잡을 양 한 마리 남아 있질 않구나.

생후 일 년 된 깨끗한 숫양의 피,

대문에 아로새길 육각형의 별.

신이시여, 당신의 성난 이빨로 이 황야의 놀들을 곱게 갈아

모래 암죽으로 어린것들을 키우시렵니까?

칠흑의 밤에 유성의 불칼로 제국의 장자(長子)들을 치시렵니까?

사막의 태양, 재갈이 물린 한낮의 태양 아래서

이제는 어떤 입도 물음에까지 이르진 못하리니

눈과 귀와 입과 넋이 모래로 가득 채워져 바람 속에 입관(入棺)되고 나면

나중 오는 자가 앞서 있은 자들의 악덕으로 가시 면
류관을 쓰게 되리.

　　2
　　여름 동산의 아이들.
　　흘러가버린 시냇물.
　　엄마, 내 구름의 공을 왜 아빠가 찢어버렸을까?
　　아냐, 그건……

　　파란 낮달의 피리.
　　강아지풀의 오후.
　　어느 해였던가, 그가 오지 않은 것은?
　　해마다 웃음과 슬픔의 냇물을 악기처럼 타던
　　그의 녹슨 활이 부러진 것은?
　　꿈이 잠 속에 갇힌 것은?

　　엄마, 내 태양의 굴렁쇠를 아빠가……
　　애야, 그건……

3
— 그 먼 길, 모래바람 속에서
네가 두 팔로 안고 오는 것이 무엇이냐?
말하라. 무엇이냐?
— 한 주검이 문력이 되어 문 안으로 우리를 인도한 뒤
죽음은 국경 없는 이성표가 되었네.

— 무엇이냐? 내려놓아라!
담요로 싸서 네가 가슴에 안고 있는 것을.
내려놓아라! 무엇이냐?
— 내가 안고 있는 것, 그것은
내게 살아 있는 유일한 것.
죽은 아버지, 죽은 아내, 죽은 아들 속에서
잃어버린 고향.
시체 속을 뒤지다가 찾은 고아.
울고 있는 피의 샘.

4
여기, 잔금으로 긁혀
부옇게 흐려진 삶이 있습니다.
또 여기, 공허에 구애하듯
부재를 더듬는 손들이 있습니다.
저기엔, 돌연 저녁에 부딪쳐
길 없음에 길을 묻는, 한풀 꺾인 풀잎에 반문하는
한숨소리 있습니다.
또 저기엔, 피에 맞댄 입술과 굳은 피를 적시는
눈물이 있습니다.
바다는 밤새 갈증을 퍼 마시고
우리 귓속에선 우리 자신의 소리만이 작열하고
사계절을 바쳐 삶을 방목했던 날들은 흙비가 되어
황토 위에 무(無)의 인장을 찍습니다. 아,
이 길고 긴 독백의 사슬.
행려병자 된 언어의 행렬. 그리고

여기, 끝까지 자기 자신과 화해하지 않는 자들의

자기 사랑이 있습니다.

말이 아니라 혀를 뒤집는 무해한 거짓들.

또 여기, 끝까지 자기 자신을 용서하지 않는 자들의

자기 사랑이, 혀 대신 말을 되질하는

살라신 입뿔이 있습니다.

저기엔 부재의 목록이 있고 또 저기엔

사망의 목록이 있습니다. 이름을 몰라 빈칸으로 처리된

주검들의 목록이 있습니다.

그 주검들을 퍼낸 웅덩이와 구덩이의 목록들도 있습니다.

눈먼 고통의 실밥이 뜯어지며 누구는 웃고 누구는 울지만

송곳으로 아로새긴 생의 지판본(地板本), 그 영혼의 문신들을

점자로나마 읽고 가는 사람은 아무도 없습니다.

야윈 두 손 포개면 황금빛 새가 되고

텅 빈 두 손 맞대면 바람의 날개로 구름의 둥지를 엮던

꿈같은 시절도 있었습니다. 이제는,

그러나

잃어버림을 받아들이는 일만이 평생의 일로 남았습
니다.

잃고도 잊지 못하는 일만이 최후의 일로 남았습니다.

여기, 우는 아이를 잠재울 수 없는

낙담한 자장가가 있습니다.

울음을 삼키지 못한, 잠 못 이루는 자장가가.

샘 위에 드리워진 한낮의 그늘
— 사순절 23

다시, 샘가에 앉았네.
박우물에서 넘친 물이 실개울을 이루다가
자칫 호박(琥珀)으로 농익어 응결될 것 같은 정오.
닭의 볏을 단 이른 아침의 꿀은 휘발되었네.
놀이켜 그 꿀에 이마를 적시듯
샘가에 앉아 귀를 기울이는 시간.
나의 시작은 참 오래도록 굴절되었네.
나의 비롯됨은
되짚어갈 수 없는 말발굽 모양의 하상(河床)을 이루
었네.
갯버들 아래서의 이 갈증.
갈증을 적시는 더 큰 갈증.
나의 시작은
처음 자리로 돌아와서도 넘을 수 없는
문턱이 되었네.
골풀들, 애기부들, 부레옥잠과 창포에 스미었던
나의 기도. 스미어 진펄이 되고자 했던
나의 시도. 이제,

다시 샘으로 돌아와 눈을 감네.
끌어당기는 힘을 받아 내가 솟아났던 곳,
솟아 다다랐던 곳.
끌어당기는 바로 그 힘을 되받아 치며
내가 내 힘의 목줄띠를 움켜잡았던 곳,
움켜잡고 파고들었던 곳.
솟아오른 샘은 분출의 힘보다 더 강한 근성으로
자신의 뿌리를 그루박을 것인가.
벌들이 물을 머금고 가는 실개울은
물줄기가 다하는 곳보다 멀고 깊은 수맥에 돌아가 안
길 것인가.
탯줄보다 깊은,
자궁보다 더 오래된 것인 샘.
내 망명의, 내 유적(流謫)의 왕국이여.
내가 추방되었던 바로 그곳으로 돌아와
비로소 자기 자신을 껴안으려 함인가.
샘 위로 쏟아지는 빛.
빛줄기를 타고 솟아나는 물.

함지박 같은 웅덩이에서 깃을 털며

흰눈썹황금새가 자기만의 무지개를 태양에 진상하는
시간.

돌이켜보면,

슬픔조차 나의 섯이 아니있네.

둥지를 떠나는 어린 새들의 시절거림 가득한 숲.

개암나무의 잎과 잎을 감쳐 지은 애벌레들의 보금자리.

돌이켜보면,

죽음조차 남기고 가야만 될 둥지였네.

어떤 버림도 남김이었네.

한마음으로, 온몸을 던져 샘을 껴안네. 껴안을 수 없네.

태곳적부터 은하의 욕망이었던 샘.

나는 남겨졌네. 그 무엇도 나를 버리지 못했네.

마므레의 상수리나무* 아래에서
— 사순절 24

아주 오랜 시간 너의 아래를 서성거리면서
이따금 내가 너의 안으로 들어가곤 했던 날들.
두 팔을 벌려 껴안은 너의 가슴이
힘껏 나를 안아주었던 날들.
나무여.
너의 흡족한 그늘이 정오의 꼿꼿한 빛이 되었던 날들.
밤의 침상을 밝히는 등잔이 되었던 날들.
나무여.
아주 오랜 시간 너의 아래를 서성거리면서
내가 나의 밖으로 나와 나의 까칠한 살갗을 만져보았
던 날들.
아주 이따금 내 정신의 수피(樹皮)를 만져보았던 날들.
네가 너의 밖으로 나와 내 안의 심지가 되고
불옮켜가 되고 물관이 되었던 날들.
나의 안과 너의 안이 뼈와 피를 나누었던 날들.
나무여.
어떤 날은 너의 그림자가 내 수첩을 가려
더 한층 넓어진 사유의 행간에서 침묵의 파고(波高)

에 몸 싣게 하고
　또 어떤 날은 산들바람에도 춤추길 좋아하는 네 어린
잎들로 빛을 걸러
　내 한숨의 울림을 노래로 어루만져주었던 날들.
　나무여.
　내 날들의 푸른 잎은 그렇게 저물었고
　나는 내 팔뚝에 가을의 나이테를 천상의 문신처럼 새
기는 꿈을 꾼다.
　그리고 겨울, 나의 장작은 영혼의 아궁이에서
　시리고도 뜨겁게 타오를 수 있을 것인가.
　나무여, 내가 너의 아래를 서성거리면서
　내 정수리에서 수액의 분수를 솟구치게 했던 날들.
　희망의 장작을 팼던 날들.
　목질(木質)의 말씀에 귀 기울였던 날들.
　벽을 물처럼 헤치고 스미어드는 맨발의 아이 같은 새
들은
　생목의 우듬지에서 석화된 침묵의 혈(穴)을 뚫고
　내 영혼의 활을 수줍음으로 탄주할 수 있을 것인가.

정녕 그럴 것인가.

나무여, 내가 그 오랜 시간 너의 아래에 서서

아주 이따금 너의 안으로 알몸으로 스미어들었던 날
들처럼.

* 마므레의 상수리나무는 야훼기 나그네의 모습으로 찾아와 아브라
  함에게 이삭의 탄생을 점지해준 곳.

소금이 오다
― 사순절 25

소금이 온다는 말, 있지요.

발소리가 닿기도 전에 귓바퀴를 감아 도는
숨결 같은 말.

반쯤 녹아 그렁그렁해진 별이
담장 너머로 들여다보는
뙤창 하나.

그렇게, 오지 않고도 오고
온 줄도 모르게 오시는 이.

손가락 끝 소라 문양으로 흙을 깨우며 내리는
새벽 봄비 같은.

한낮의 햇볕 속에서 흘러들었다가
그 앞인지 뒤인지 모르는 채
품안에서 꺼내 귀여겨듣는

노래 한 토막 같은.

그렇지요. 아무도 모르지요.
언제 소금이 오는지.

바람의 갈피와 태양의 쪽잠 속을
우둔한 전령처럼 서성거리는
염부(鹽夫)의 백일몽, 그 보폭의 어느 여백에서
소금 꽃은 피어나는지.

꽃은 피어나
흰 듯 푸른 듯 검은 듯한
속눈썹 아래에서
밀알진 눈망울들을 광석처럼 깨워
타오르게 하는지.

모르지요. 소금이 어떻게 오는지.
언제 우리 곁에 와 있었는지.

〉

본 적도 느낀 적도 없는데

어느 결에 우리 심장에서 움을 틔우는지.

그믐의 그림자
— 사순절 26

이제 바람은 깊은 하늘에 가라앉았네.
한나절 소용돌이가 자취도 없이 말려들어
원추형으로 내리꽂히는 소(沼)의 중심에.
높디높은 하늘에 눌어붙은 듯
눈에 띄지 않게 움직이는 구름들만이
서쪽 하늘의 소식을 전하여 오네.
이곳은
사방이 산으로 둘러싸인
네 발 솥 형상의 땅.
기름기 쫙 빠진 3월의 산과 다랑논.
잔설이 머물던 진자리마저 말라붙은 골짜기들.
나무 한 그루 한 그루가 불쏘시개로 져다 나른 섶과
같아
갈필(渴筆)로 긋는 한 획 붓질에도 불이 옮겨 붙을 듯
하구나.
바람은 온종일
솥 가장자리를 핥고 또 핥으며
비등점에 이른 쇠여물처럼 달아올랐네.

한낮의 바람도 그러하였지.

골을 타고 오른 바람은 훌쩍 재를 넘고도

산모퉁이 몇 휘돌며 달팽이집 모양으로 소용돌이치다

산사 너른 마당에 이르러서야

서슬 퍼렇던 성깔 누른 채 빛의 빔중을 두드렸지.

태양이 쟁여놓은

고산의 봉밀(蜂蜜)에 혀를 내밀었지.

하늘과 맞닿은 ㄱ 뜰의

기막힌 빛과 고요의 타종(打鐘).

해거름이 되자

바람의 와각(蝸角)을 희끗희끗하게 때리던 눈발.

지금, 그러나 이 고요는 온유하고 아늑하지만

가만히 되짚어보면

이 또한 밤의 결빙을 위한 오래된 다짐일 뿐.

나에게 온 이 평화도

해묵은 불화와 불화 사이에서 읽는 텅 빈 행간일 뿐.

나의 약속, 나의 믿음조차 또 다른 걸림돌이었네.

이제 바람은 밤의 품에 안겼고

그믐의 산보는 길을 잃을까 몹시 두렵네.

두려움만이 나를 깨우는 이 골짜기.

온 산을 구리쇠로 녹여 울던 바람,

차라리 그 바람이 그리워질 것인가.

두려움이여, 오래 반목했던 나의 그림자여.

내 일몰의,

내 그믐의 형제는 누구인가.

나의 아버지, 당신의 이름은 두려움이니

— 사순절 27

오동나무의 보랏빛 트럼펫이 기상 신호를 울리면
더욱 대담해진 봄이 고지를 향해
다시 한 번 큰 걸음을 내딛는다.

굽어보아야 하는 시간이 오고 있다.
우러러보던 고도가 다하고
겸손한 정신이 기꺼이 위에서 아래를 내려다보아야
하는 시간.
오동나무의 종상화(鐘狀花)들은
하늘을 깨우는 밀원(蜜源)으로 하얀 비둘기들을 취
하게 하고
더욱 대담해진 봄은 불안을 잊고
절정을 향한 마지막 한 걸음을 늦추지 않는다.
굽어보아야 하는 시련.
홀로 굽어보아야 하는 시험.

불과 꿀로 가득 찬 부드러운 항아리를
엉덩이처럼 흔들어대는 유월이 가면

그림자 한 점 없는 백악(白堊)의 들에 내리꽂히는 태양.

백골로 깎인 머리통에 대못처럼 박히는 태양.

외일(畏日)에 이르러 끝내 태양을 두려워하게 되기 전에,

머리 위를 떠도는 저 검은 독수리가

눈높이에서, 또는 발 아래 협곡에서 날아오기 전에

오동 꽃 지는 이 웅숭깊은 범음(梵音) 아래 앉아

쉬어 가자. 젖먹이 형제 꿀벌의 탐닉과

떠돌이 도반 나비의 명정 곁에서

아주 잠깐 쉬었다 가자.

용뉴(龍鈕)를 지상에 둔 꽃 종(鐘)의 맥놀이는 하늘로 솟고

천상의 정원에서 날아온 우윳빛 비둘기들은 끊임없이 나무 위로 내려앉고

이제 얼마 후면 내가 몸담아온 인식의 고도가 바뀔 터이니,

지금껏 마음 두었던 진위(眞僞)의 인력이 변할 것이니

이 그늘,

대지가 베푸는 마지막 그늘에서

머지않아 지워질 기억들을 손에 올려 매만져보고

한낱 미열로 산화해버릴 그리움들,

부족했고 늘 미숙했던 품을 펼쳐 꼬옥 한 번 안아주

고, 그리고

물로서 나에게로 왔던 은혜,

불로서 뻗쳐 나갔던 애증과 분노 모두 거두어

돌려보내자. 땅 위에서의 일을 흙으로.

가장 분명한 땅의 기록으로.

굽어보아야 하는 시간이 오고 있다.

천평칭 위에 심장과 깃털 하나를 올려놓고 경중을 재

는 시간,

왕국과 형극의 길 중에서 선택해야 하는

유혹의 시간이.

독수리가 간을 요구하고 사탄이 그림자를 바꿔치기

하는 시간이.

오만과 탐욕과 환락과 공포를 동시에 가지고 겪으며

대지를, 제신(諸神)의 무덤과 세계의 황혼을,

마침내는 굽어보는 자기 자신까지도 굽어보아야 하
는 시간,

벼랑 끝의 시간,

절정과 추락의 시간이.

불의 도끼
— 사순절 28

1
다섯 손가락으로
아주 오래된 갈증의 벽을 긁어대느라
완전히 다 무지러지고 만
손.

이제 그의 팔은
잘 다듬어진 한 개의
도끼자루처럼 보인다.

2
새벽까지 이어지는,
재로 덮인 이 길을 더듬어
오래도록 거슬러 가면

불에,
그 불을 피웠던 밤에
다다르게 되리라.

〉
아이야, 너와 함께 걸었던
불과 밤의 의심할 수 없는 증거에.

죽음과
그 나머지 것들의 노래에.

3
그의 팔이 끝나는 곳에 손목을,
손바닥에서 피의 분수를 솟구치게 하는
다섯 손가락을 돌려주기 위해,

도끼자루 끝에 도끼를 달아주기 위해

그의 팔이 끝나는 자리에
분노의 심지를 심고
불을 지핀 날들이 있었네.
그 팔을 높이 들고 걸었던 길이 있었네.

〉
밤이 다하도록 그의 팔은
열 개 스무 개의 손가락이 되었고
열 개 스무 개의 횃불이 되었으며
열 개 스무 개의 도끼가 되었네.

개기일식
― 사순절 29

1
11월. 차가운 회색 돌 구름.
큰 붓다발로 머리를 찍어 누르는 먹구름의 돌.
비라도 뿌려주었으면. 허공의 돌,
떠다니는 돌들이 머릿속을 뇌석으로 굳혀 낸다.
꽈르릉 깨져 뭉쳐지는 침묵의 돌.
열고 닫힘이 산뜻한 쇠문들 잠기고, 문 두드리던 사람
이 고장을 떠났다. 어둠이 종유석처럼 성장하는 밤.
종기 같은 돌들이 대지의 샅에 오금에
겨드랑이에 붙어 온종일 먹통 같은 밤을 배양하고
악성 종양의 알감자로 토양을 절망케 한다.
돌을 녹여줄 비, 돌의 밤을 적셔줄 비는 몹시도 자비
로울 테지.
제단에 올릴 첫 신성한 곡물 다발 같은 비.
11월, 그러나 허파 가득한 폐허의 달.
대기의 쇠가죽 숨통에서 쉿소리 울리며
폐활량의 솔기가 곰삭아 드는 달.
이제 가난했으니 더욱 가난하리라.

이젠 더욱 가난하리라.

너희 허기진 잠 굽어보는 이 없고

동짓달은 돌감자로 연명해야 하리.

아무도 없구나. 태허(太虛)의 공간에 어머니 뼈 던져

태어난 이 없고 태어날 이 또한 없디.

산성 안개에 돌고드름의 아이들이 자라고

허무의 지붕에 뿌리내린 그들은 폐허의 자식,

석회석 밤의 자식, 우라늄 왕국의 자식.

어머니 금빛 강과 아버지 태양은 낯모르는 자들이어라.

의붓아비인 분명이 가이아의 심장 한복판에 찔리 매
립한

백 개의 팔과 백 개의 머리를 가진

산업 폐기물의 자식.

오늘 가난했으니 내일 더욱 가난하리라.

문은 벽으로 일어서고

나가려던 사람 돌아가고 들려던 사람 또한 돌아갔다.

하이에나의 들엔 버려진 주검을 성찬 삼아

백 마리의 독수리가 다투고 백 마리의 개가 짖는다.

백만 마군의 죽음이 일어선다.

2
이빨로 이빨을 깨문
어둠. 백악의 잇바디를 에워싼
꽉 다문
턱의 옹성.
차라리 너의 혀를 보여다오.
두 개의 통로로 갈라지는 목젖과
두 갈래의 식욕을.
혀는 사라져도
이빨의 감옥인 입술이 사라져도
이빨은 남는다.
이빨의 혀인 욕망이 망가져도.
그렇게 남은 이빨의 밤.
붉은 뇌수가 몽땅 빠져나간
봉합된 두개골의 밤.
뿔의 분노는 사라져도 분노의 뿔은 남아

중오의 한낮을 고한다.
그렇게 남은 밤.
맞닿은 어금니와 맞물린 송곳니.
달은 서로가 서로를 궤멸시킨
녹 큰
왕들의 녹에 절린
상아 목걸이.
목은 썩고 목걸이는 남았다

3
어떤 말씀도 환금이 가능한 언어의 총액일 뿐,
금융의 성전엔 금박을 입힌 현판이 빛나고 있다.
'무기운 짐 지고 허덕이는 자들아,
내게로 오라. 내가 편히 쉬게 하리라······.'

그러나 하늘의 채권은 폭락했고
성령의 비둘기도 종이쪼가리에 지나지 않으니
이제는 그 모든 말들을 번복하리라.

잘못 들어 앞질러간 길 되짚어 뒤처지리라.

땅 위의 백성들아, 너희가 어떤 양식을 구하였더냐?
하늘의 신민(臣民)들아,
지금 너희가 어느 군주 앞에서 사열되고 있느냐?
너희의 변화는 망각의 반복일 뿐.
새로움은 또 다른 표절이자 답습일 뿐.
이 속도, 점점 짧아지는 주기 속으로의
미친 듯한 질주.
수십 년 묵은 곡식이 햇곡으로 제상에 오르는,
그러고도 알아차리지 못하는 이 신물 나는 어질머리.
새로운 것이 이미 썩었구나.

이제는 취소하리라.
너희들이 저마다 너희들의 언어로 받아쓴 모든 말들을.
기꺼이 취하하리라.
가장 성실한 필경사만이 가슴에 화인(火印)으로 새
겨 지닐 것이니

하늘의 옥쇄도, 전능한 이의 인장(印章)도 구하지 말고
오직 이 한 마디만을 새겨두어라.
'보아라, 들꽃의 제때 꽃핌을.
솔로몬의 영화도 저 꽃 한 송이만 하지 못하리라.'

그리고 내 젊은 날,
예루살렘에 들기 위해 베다니아에서 나올 때
길가에 홀로 서 있던 수척한 나무,
목을 적실 열매 한 알 맺지 못했던 무화과나무에게로
돌아가
사죄하리라. '내 돌아오는 날, 너는
너의 가난과 불임으로 번성하리라. 나무여,
지금이 바로 그때이다. 너의 과즙으로 침례 받고
너의 과육으로 내 주린 영혼을 달래리.'

이젠 되었다.
감히 엄두도 못 낼 일에 손을 건네 보았던
무모한 날들. 번복하고 취소하리라.

거듭 취하하리라.

나의 이름으로 뒷돈을 주고받는 자들아, 거간꾼들아,

너희들과 함께 나눈 물고기가 나였음을 잊었느냐?

연어가 회귀하듯 나 또한 반드시 돌아온다는 것을.

나쁜 자들, 이 노예 상인들아,

더 이상 무엇이 개들처럼 너희 곁으로 와서

무릎을 꿇고 꼬리를 치길 바라느냐?

4

……늘 이렇듯 도착이 늦는 것일까?

연착된 기차는 목적이 사라진 목적지에서 빛의 화물

을 부릴 것인가?

내 발자국에 망치로 못을 박으며 쫓아오는 죽음.

퇴로가 차단된 남쪽으로의 빛나는 도주.

승냥이가 사슴의 발자국을 밟는다.

늦었다.

귀향을 위해 파종한 인식의 빵들은 갈까마귀가 먹어

치웠다.

개똥벌레의 초롱불 든 착한 난쟁이들도 더는 꿈을 인도하지 않는다.

많은 길은 없는 길처럼 두렵다.

그렇다. 길을 잃었다.

사라짐을 좇는 건 주적자의 일.

지상에서의 등고선 읽기는 충분했다.

모든 것 사라졌고 흔적을 더듬던 사냥꾼들

전설과 함께 잊혀져버린

지상에서의 일.

늑대의 발자국은 소복이 별빛 싸라기를 쓸어 담은 은회색 빛 소쿠리 같다.

그는 나보다 먼저 그림자 없는 이의 발자국을 더듬어 갔을 것이다.

거대한 대지의 거대한 슬픔인 이 어둠.

별들은 소라뿔고둥 모양으로 중심을 향해 배회하고

나는 지축에 기대어 무분별하게 잠든 세상 저편

하늘을 본다.

항성들의 침묵과 밤의 명령에 삿대질하는 별똥별들은

지상에 닿기도 전에 산화하고

덧없는 삶의 강에서 은하수에 닿을 기둥 하나

세워 올릴 수 없구나.

다리는 끊기었다. 옛날의,

그토록 아름답던 도강(渡江)은 잊히었는가?

태초에 생명의 싹을 틔운 지상의 나무는 재가 되었

나?

누가 백주 대낮에 빛을 도살했는가?

지혜는 왜 밤의 저울눈금을 응시하는가?

선 댄스
― 사순절 30

 동쪽 샘에서 물을 길어와 태양이 돌의 어둠을 씻어내
는 동안
 너의 혀는 내 얼굴을 환하게 닦고 있었다.
 안녕, 바람이여.
 나는 발가벗고 너의 입 안으로 들어가 샘물을 마신다.
 안녕, 바람이여.
 내 영혼은 황금빛으로 빛난다.
 얼음막대 같은 빛기둥이 곧게 서는 한낮,
 길을 갈 때 어깨 위의 산들바람이 내게 속삭였다.

 "밤은 갔네. 공포로 눈먼 개들이
 개흙 바닥에서 시커멓게 일어서던 밤.
 밤은 갔네. 나는 네 마음의 동녘에
 피로 불붙인 활을 쏘아 새벽을 지폈네.
 밤과 밤의 두 부싯돌을 때려 틔운 빛. 보렴.
 보랏빛 여명의 둥지를 박차고 나온 내 튼튼한 두 발을.
 난 태양의 보폭으로 빛의 복도를 지나네.
 속옷을 벗고 온몸으로 마시렴, 빛을.

껴안으렴, 땀을.

알몸으로 발 구르는 야생의 열(熱)을.

네가 멈춘 곳은 어디나 영원의 가장자리,

굳은 채 부스러지는 진흙덩어리들의 저녁. 머무를 순 없네.

태양의 시침처럼 회전하는 그림자를 등에 업고

못박아둘 수 없는 무수한 날들을 지나

황금 말뚝을 박은 지상의 거처를 찾으렴.

동 트는 집의 주인이 되렴."

안녕, 바람이여.

나는 길을 떠난다.

나는 문을 열고 나가 낙타 앞에 무릎을 꿇고 놈이 타기를 기다린다.

나는 불꽃 덩어리 선인장을 뜯어먹는다.

돌들이 투명해지는 시간, 맨발로 사막을 횡단한다.

빛과 폭염과 적막이 내 고막을 찢는다.

별꽃으로 산산조각 난 하늘이 내 혼곤한 눈동자에 어

룽거린다.

폭포 한가운데 걸린 조각 무지개를 뚫고 치솟는 은빛 물고기 한 마리.

얼음 닻에 묶인 바다 위 금빛 성배(聖杯) 같은 하현의 날.

손바닥 위엔 붉은, 잘 익은, 반쯤 벌어진

두개골의 석류.

소리가 들린다. 나는 고함을 지르며 함성의 귀를 모은다.

"속삭여다오……." 심장이 까발려신 채 두근거리는 음성.

"속삭여다오, 다시 한 번.

아주 먼, 태곳적 목소리로.

흙에서 나온 검은 입김, 흙이 다 되어가는

고목의 쓴맛을 지닌 목소리로.

사라진 종족, 잊혀진 족장의 언어로.

부식토가 된 네 사랑과 광기의 언어로……."

〉
무릎까지 빠지는 땅. 목이 잠긴 연기.
펄럭거리는 불의 거대한 깃발.
점점 고조되어가는 광란에 역청처럼 녹아 흐르는
얼굴들.

"늘판을 난타하는 들소들의 울음소리 사라지고
여름은 갔네. 신이 모래폭풍 속을 걸어오시네.
8월의 끝에 장작단을 쌓아 불 지피고
계절의 골무를 끼고 한 뜸 불의 춤을 추어라.
이제 뭇 노래들 한 생을 누리다 침묵으로 돌아가고
숲은 잎을 떨어 하늘을 열어놓으리.
도취된, 그렇지만 아직은 받아들여지지 않은
술 빛의 저녁. 춤을 추어라.
익는 곡식을 위한 춤. 사과 속에 붉은 꿀로 녹아드는
태양을 위한 춤.
또 한 번 더없이 큰 기쁨으로 푸르렀다 보다 큰 슬픔
으로 비워질

사랑을 위한 춤. 죽음을 위한 춤.

여름은 갔네.

강이 바다에게 주었네.

신의 쟁기가 종족을 갈아엎네."

벌써 늦은 것일까?

명주실 같은 입김 속 방울소리 적요한 밤.

목동과 양치기 개와

양과 나귀와 말과 단봉낙타 들이 샛별 아래 모여 있네.

나귀가 낙타에게 속삭였네.

양이 양치기 개의 귀에 대고 속삭였네.

첫 아들을 본 대지의 저녁.

마지막 여행
― 사순절 31

어떤 밤도 웃음을 위한 밤은 아니니, 영혼아,

숨을 죽여라.

정면을 비껴 비스듬히 서서 바라보는 곳,

말하라. 그대 슬픈, 흩어진 영혼이여.

이제, 그러나 보는 날이 의미 없어져

뱉으려던 호흡과 함께 뇌삼켜서 숨길을 틀어막나니

이토록 일찍 찾아온 저녁에

어떤 울음이 우리에게 답할 것인가

기다려라, 가난한 마음의 불 옆에서

슬픔을 녹이며, 아득한 곳에서 오는 한 사람을.

함께하며 예상했던 부재(不在)를 한눈팔지 않고 마

주 볼 때

그때, 너의 가문 가슴에서 수몰된 마을처럼 드러나는

오래된 한 얼굴을. 언덕을 타고

가파르게 이어지던 길은 바다에서 끝나고

이제, 밤이 온다. 두 곱으로 허기진 밤.

돌아보면, 안개 속 목 쉰 불빛, 검은 언덕,

죽은 가수처럼 자신의 망가진 악기를 탄주하는 바람.
이해할 수 없는 곳에서 큰 걸음으로 구름이 오고
갇힌 자의 환부를 드러내는 질풍노도의 바다.
내항에 닻을 내린 어선들 불안스레 칭얼대고
폭풍우는 술추렴이 끝난 선창에 쓴 거품을 끼얹는다.
해질 무렵 대기처럼 아주 잠깐, 빛 저문 지상의 새순
끝에 머물며
폭발 직전의 고요를 화약처럼 밀매하던 평온은
간데없구나. 보라.
어둠에 바짝 이마를 들이대고 밤의 마을을.
인적 끊긴 길들의 익명을.
들여다보라, 그대 내부의 어둠을.
그대 기억의 교구(敎區) 밖에는 암울하고 슬픈 시간
만이 자라고
귀 먹은 주교가 한밤중에 종을 흔들어 선잠에 든 절
망을 깨운다.
자주 바뀐 깃발에 믿음을 잃은 깃대처럼
땅과 하늘 사이에 모호한 낚싯대를 드리운 신앙이여.

희망이여. 내 일찍이 알았던 것,
갈피를 뒤져 찾았던 길들 모두 어두워지고
황도대를 따라 바뀐 하늘에서
한 계절에 익힌 별자리들 멀어져 낯이 설 때
내가 그를 안다고, 내 그를 보았다고 누가 감히 말할
수 있겠는가.
알아볼 수 없는 것들, 암전된 마을,
기억의 정전(停電). 그렇다. 뭉쳤던 구름들

풀어져 먼 잠자리를 너듬고, 밤이 들자
다시금 쏟아 붓는 비.
왼손으로 더듬은 적 있는 길목
어둔 모퉁이에서 문득 마주치는 그의 이름을
나는 한 번도 제대로 발음할 수가 없다.
사랑의 불은 삶을 피뢰침처럼 타고 지나갈 뿐
어디에서 그 열과 힘을 움켜잡을 것인가.
이미 틀려버린 순례 길에
아직 늦지 않았다고 누가 마른 음성으로 위로해줄 것

인가.
　밤의 완고함에 던져진 한 깃털만큼의 박명,
　점자처럼 더듬으며 비탈진 길을 풀어 가면
　먼데서부터 깊게 억누르며 아우성치는 바다,
　환청의 하늘, 파죽(破竹)의 힘으로
　허공을 치는 바람.
　피곤, 내쫓긴 안식.

망종(亡終)
― 사순절 32

망종길……

예비 망자(亡者)들의 유품을 실은
화물이 집결하는 터미널.
버스 종점이 있는 자부 뒤켠으로 소각장이 있고
검은 연기와 희고 푸르스름한 연기가 만나
회흑색 장막을 펼치며
꾸물꾸물 난민 수송열차처럼 가로질러가는 들에
행선지 없는 백색의 정거장 표지판이 서 있고
나 거기서
마지막으로 손을 놓았던 이의 얼굴을 기억할 수가 없네.
그는 아예 얼굴이 없었던 듯
연기에 의해 뼛속까지 흩트러진 채 웃고 있었지.
두피의 각질 하나의 무게도 실리지 않은
미소. 그는 내 손을 꼭 그러쥐었지만
그 손은 물 같았고, 손을 놓은 뒤에야
후끈한 열기가 전해왔지. 순간 나는 알았네.
바로 그 손에 내가 만난 모든 이의 체온이 담겨 있음을.

델 것 같은 손에 푸른 화인(火印)이 찍혔고
바로 그때 정거장이 움직여가기 시작했네.
검은 연기와 희고 푸르스름한 연기가 만나
회흑색 장막을 이룬 들판 너머로.
나는 미처 그의 이름을 떠올리지 못했네.
그런데 어느 한 순간, 내가 생각지도 못했던
수많은 이름들이 쏟아져 나오기 시작했네.
내 딱딱한 목울대, 진흙처럼 굳어버린 입술 안쪽으로.
그것은 내 심장에까지 뻗친 혀를
두루마리처럼 감으며 파고 들어오는 불의 혀였고
산통의 아랫배를 낮은 기압으로 소용돌이치게 하는
바람의 음성이었지. 나는 산산이 흩어졌네.
나는 몸을 잃었네. 나는 파편이 되었고
퍼즐처럼 부서진 그 조각조각들이 지닌 얼굴들을
한순간에 알아보았네. 그 얼굴들은
열차의 창문들마다 커다란 알전구처럼 빛났고
그들을 호명하는 내 안의 소리는 기적소리 같았지.
모든 것이 찰나 간이었네.

안부를 물어야 할지 작별 인사를 건네야 할지
생각할 겨를조차 없었네.

망종길…… 소각장 뒤 어슴푸레한 들의
한 귀퉁이에 있던 성거상에서.

스타바트 마테르*

― 사순절 33

아이를 재우려 하지 말라.

우는 아이를 애써 잠재우려 하지 말라.

때로는 죽음도 노래로써 제 그림자를 노 저어 가나니.

그 늙고 비루먹은 거대한 그림자가 노래에 실려

소리도 자취도 없이 두 바다를 항해하나니.

초산한 젊은 여인의 자장가가

그리도 부드럽고 은은하게 죽음의 배를 불러들여

젖먹이를 실어 보내게 될 줄이야……

침묵하라. 누가 저토록 먼 곳에서 돌아오지 못하고

있는가?

침묵하라. 누가 이토록 가까이서 울음을 멈추지 못하

는가?

마지막 불이 다한 뒤, 마지막 불꽃과 불씨마저 꺼진 뒤,

그리고 기어코 마지막 불빛마저 사그라진 뒤에도.

내 어깨를 짚고 가는 이들. 그리도 오래전부터

나를 알고 있었다는 듯 친근하게, 조금은 장난기를

담고서.

하지만 그들의 손은 얼마나 차가운지.

들러붙을 듯한 손길에 이제는 지워진 지문 같은 살얼음이

내 어깨에 퍼지면 나는

그 친근함이 아주 오래된 원망이었음을 깨닫는다.

아득히고…… 아득하다.

방금 전까지도 어깨를 걸고 있던 이가

팔을 풀고 떠나려는 그 팔을 잡으려 함일까.

보라. 모든 빛이 상온(常溫)의 불을 가졌고

낡어모은 재 속 한 알 숨은 불씨조차 아버지의 미소를 머금었거늘

따뜻함이 따뜻함을 더해,

체온이 체열을 더해 달아오르질 않는구나.

지심(地心)에 박힌 쇠기둥에 산 몸을 비비려

이토록 먼 길을 달려와 데운 입김으로 어르는데

왜 이토록 추운 것일까.

혀가 들러붙어 실어(失語)하고 마는가.

밤의 나무들. 제 나이테의 등피(燈皮) 속에

환히 불 밝히고 눈을 감은 나무들.

안개 속의 나무들⋯⋯

나 또한 그들 곁에 서 있다.

한 달 내내 내린 비도, 눈을 녹인 태양도

한 방울 수액이 될 수 없는

메마른 나무가 되어.

* Stabat Mater: 카톨릭 의식에서 사용되는, 십자가에 못 박힌 예수를
  바라보는 성모의 슬픔을 노래한 음악.

숨결
― 사순절 34

내 숨이 들고나는
길목,

내 숨이 들고나다
끊긴
짧은 쉼 속으로,

그 쉼과 쉼 사이로
나직이
아주 나직이 스미었다

돌아보면

자취도 없는
당신의 숨.

향기도 아니고 바람도 아니고
귓불을 간질이는

허한 기척도
먼 손짓도 아닌데

들고나는 숨을 잊고
숨이 맴놀이 치는
몸을 잊은

그 어디 바깥,
내 넋의 폐포에

가득 담겼다 비고 나면
내 종적마저
찾을 길 없는.

재의 수요일

— 사순절 35

1
마을이 끝나는 들판,
눈 내린 밤에
불타는 가지 하나 바람 속에 걸어두고
다시 불러들인 눈발로 빌자국 덮이 지우 머
어둠 속으로 사라져간 사람.

그를 생각한다.
아주 이따금
하늘에 살짝 이마를 덴 것 같은 느낌으로.

아직 따뜻한 재를 밟고
누구보다 먼저 우리에게로 왔던 이.

조용한 걸음, 한숨에 자주 흐려지는 보폭,
틈 간 빙판의 균열이 밤새 다시 아무는
험한 강폭을 따라,
부딪치며, 서로의 이빨을 부스러뜨리며 격렬해지는

얼음장 밑 창과 칼들의 번득거림을 넘어
우리에게로 왔던.

홀로 된 그의 추운 노래는
문풍지 떠는 바람에도 지워질 듯 가녀려지고
그는 갔다, 우리가
하나의 잔으로 나눠 마신 무력감,
마지막 희망까지 약간의 허기 채움으로 다져 누른
어둠 속으로.

재로 화한 땅을 딛고 서서 큰소리로 질문하는
사람들 속으로.

2
이제
우리의 달력에는 무교절(無酵節)이 없다.

우리는 열두 장으로 된 망각의 달력을 넘긴다.

〉
백치의 달이 머릿속을 헹군다.

나이테 없는 구름처럼
우리는 재빨리 늙는다.

3
저들은 어디서 온 것일까?……

밤의 한가운데에 흔들리는 촛물을 놓고
둥그렇게 모여 앉은 사람들.
(머리를 휘감고 어깨까지 드리워진
검은 베일.
빛을 쬐듯 모은 손이 참 희다.)

순막(瞬膜)을 깜박거리는 빛의 둥근 테 둘레에서
숨죽인 채 불꽃을 노려보는 어둠.

알 수가 없다.
저들은 어디서 온 것일까?

무너진 집, 마을을 뒤로 하고
부스러진 기억들로 누빈
마른 가슴을 두 팔로 감싸고서
누겹게 에워싼 밤의 한복판,
바람 부는 들에
몹시 떠는 불을 안고
몹시 뛰는 피를 품고
낯빛이 흐려진 하늘을 땅바닥에 늘어뜨린 사람들.

이 밤을 벗으면 죽음의 우화(羽化)만이 남았을까.

성 금요일의 물고기
— 사순절 36

만년설을 녹여 최초의 물줄기로 마음 밭을 적셔주시
는 이,
그는

불가에 둘러앉아 우리와 함께 물고기를 나눠 먹었던
사람.
두 마리의 물고기로 뭇사람들과 더불어 배부를 수 있
었던 사람.
무교절 첫날, 유월절에 쓸 어린 양을 잡는 날,
예루살렘의 이층집 근방에서 저녁을 먹은 뒤
스스로 어린 양이 되어 병정들의 손에 넘어갔던 그가
사흘 뒤 우리 곁으로 돌아와 말했다. 먹을 것이 좀 남
았느냐.
몹시 시장하구나. 모두들 괴이쩍게 쳐다보는 가운데
그는
가시와 뼈를 깨끗이 발라내며 구운 물고기 한 토막을
먹었다.
두려워하지 말아라. 곧 봄이 오리니,

너희에게 평화가 있기를.

깨끗한 달, 흰빛, 티베리아 호수.
밤새 허탕 친 그물질에 낙담하여 돌아오는 우리를 향해
누군가가 물었다. 애들아, 무얼 좀 잡았느냐.
아, 저건…… 겐네사렛 호수에서 들었던 귀에 익은
목소리!
그물을 배 오른쪽에 던져보아라, 물고기가 잡힐 터이니.
주여, 이러지 마십시오. 저희는 죄인이오니
그만 그물을 거두어 저희를 떠나십시오.
베드로는 물속으로 뛰어들어 몸을 숨겼다. 호숫가엔
발갛게 피워진 모닥불, 꼬챙이에 끼워진 물고기, 마
른 빵 몇 덩이.
오너라. 와서 아침을 들어라. 새벽, 푸른 안개,

불과 살의 향기. 방금 잡은 물고기도 몇 마리 가져오
너라.
그물 속엔 백오십 세 마리의 물고기.

이렇게 많은 물고기가 들었는데도 어떻게 그물이 찢어지지 않았을까.

달의 허리 같은 호수, 저무는 별. 사막 저편,

밤이 부려놓은 비늘들의 환초(環礁). 돌이켜보면……

돌이켜보지 말아라…… 죽음이 그를 삼키는 동안 우리는 달아났지.

꼭 그만큼의 기회가 있었지…… 돌이켜보지 말아라……

그 불을 긁어올렸던 심지는 어느 양초 속에 숨이 있을까?

그가 건네주는 빵과 물고기. 조반이 끝나자 그가 물었다.

요한의 아들 시몬아, 이 사람들이 나를 사랑하는 것보다

네가 더 나를 사랑하느냐? 네, 주님.

아시는 바와 같이 저는 주님을 사랑합니다. 그렇다면

내 어린 양들을 잘 돌보아라. 잠시 후 그가 다시 물었다.

요한의 아들 시몬아. 네, 주님. 진정 네가 나를 사랑하느냐?

네. 주님이 아시는 바와 같이 저는 주님을 사랑합니다.

그렇다면 내 어린 양들을 잘 돌보아라.

세 번째로 그가 물었을 때 베드로는 울었다.

그는 성문 밖에 혼자 서 있었다. 네가 정말 나를 사랑한다면

내 양들을 잘 돌보아라.

잘 돌보아라.

파스토랄
― 사순절 37

첫 아들을 본 농부의 저녁.

초승달에 스미는
초유(初乳)의 비릿한 향기.

내일이면 젖살이 오르리라.
배냇짓하는 오동통한 손 안에
동그란 달이 뜨리라

별로 짠 모슬린 천의 바람이
사막을 가로질러 우리를 인도하네.
페르시아의 융단 같은 밤하늘.

얼음과 얼음을 쳐서 불 지핀 소리의 부싯깃이
극광(極光)처럼 빛나는 대지.
천사장이 항성의 하늘을 두루마리처럼 말자
깜부기불 같은 빛의 편주(片舟)들이
성운을 이루며 다가와 정박하는

천상의 나루터.

벌써 늦은 것일까?
명주실 같은 입김 속 방울소리 적요한 밤.
목동과 양치기 개와
양과 나귀와 말과 단봉낙타 들이 샛별 아래 모여 있네.
나귀가 낙타에게 속삭였네.
양이 양치기 개의 귀에 대고 속삭였네.

첫 아들을 본 대지의 저녁.
어디선가 모닥불이 타오르고
모래 속에 묻힌, 천년도 더 된
참나무 뿌리로 불땀을 키우면
동지의 밤도 태양의 둥지로 거듭나리라.

검은 빙괴(氷塊)처럼 떠다니다 부딪치는 어둠들.
초산(初産)의 어린 달이 모래 언덕 위에 잠들어 있네.
난황에 피가 비치듯 발그스름하게.

문 앞의 나무, 길 끝의 나무
— 사순절 38

저기 저 나무는 벌써 푸르다.
신호를 읽은 것일까, 아니면
그 자체가 하나의 암시일까?

나무는 자랑스럽게 빛나면서
신록의 노래를 부르는 듯했으나
그 아래를 지날 때 나는 나무가
숨을 죽이고 있는 것을 알았다.

그것은
칭칭 동여맨 울음 같았고
폭발 직전의 울대가
저 아래서부터 치밀고 올라오는 힘에
끙끙거리는 소리가 들릴 정도였다.

밤이 되자 나무는
별의 포로가 되었다.

때때로 검은 손 하나가
덩굴처럼 뻗쳐 올라가
냉이꽃 같은 별 하나를 따서
산의 뒷주머니에 슬그머니 감추는 것을
몇 차례고 꿈결인 듯 보았다.

밤의 거목이
우거진 성운(星雲)의 강을 지상으로 드리울 즈음
불현듯 날이 밝아왔다.

*

그리고, 새들이 있었다.

자신의 노래로 공중 부양되어
고조되는 가락을 타고
구름 속으로 산화되어가는
종달새.

그 봄의 종달새를 생각하라.
북제주군 구좌읍, 오름과 오름 사이로 펼쳐진
중산간지대의 너른 들판,
소똥과 진흙으로 질퍽거리며 하늘 길만큼이나 아득히
뻗어나간 실틀. 생각하라,
자기(磁器)의 실금처럼 대기 속에 메아리치디
어느 순간 증류되어
어우비처럼 떨어져 온몸을 적셔주던
그의 노래를.

노래는
기압과 기층마저 꿰뚫는
사다리 같은 것.

노래는
사라짐으로써 구름의 이랑 어딘가에서 김을 매며
가인(歌人)의 땅 위 그림자를 춤추게 하는
보이지 않는 방전(放電)과 같은 것.

〉
운작(雲雀), 구름의 새라고 한다지.
종달새, 멀리 떠난 과객(過客)을
이듬해 봄날 보리밭 위 구름바다에서
너의 노래로 다시 만나듯

노래는, 노래의 물방울은……

*

(미사일 공습에 추풍낙엽처럼 궤멸되어버린
바그다드의 새들.
아이들이 카메라를 향해 죽은 비둘기를 들어 보이며
웃는다.
노래의 고막이 터져버린 하늘.)

*

누가 샘의 혀를 잡아 뽑고
실어증에 걸린 수맥으로 하여 비의 노래를 부르게 하

는가.

너무 많은 포도가 우리의 욕망으로 굽이쳤다.
이젠 되었다. 이제
저 열매의 무르익은 즙도, 저녁마다 빛 밤의 도취도
마다할 것이니
저 나무의 덩굴을 시원(始原)으로 나아가게 하라.
시원의 안흑으로 돌아가게 하라.

어느 이름 모를 숲에 다다른
어린잎 하나가
무엇에도 소용되지 않는 제 스스로의 기쁨에
조용히 빛날 수 있도록.

*

버드나무 뿌리를 잘 아는 자만이
버드나무 가지를 더 잘 휠 수 있는 법.
　　　— 릴케 「오르페우스에게 바치는 소네트」 I -6

이른 봄, 버드나무의 환희.

떡버들, 고리버들, 왕버들, 갯버들, 능수버들……
슬하에 버들아씨 버들강아지 몇 둔
늙은 늪의 환희.

보라. 어느 누구의 솜씨에도 맘에 꼭 들게 고개 숙이던
저 유순한 것들이
얼음장 속에서 털북숭이 고치 같은 화포(花苞)를 터
뜨리는 것을.

강인한 것, 총명한 것,
썩어 물크러진 늪의 말이로다.

거름꽃 농원의 봄
— 사순절 39

거름 냄새와 꽃향기가 뒤섞인
농가의 봄.
내 아버지의 봄.
거름과 꽃이 한데 섞였으니
무엇이 처음이고 끝이랴.
봄은 그렇게 오는 것,
부패와 개화와 함께.
가장 나중인 것의 신선함,
다시 한 번 그것을 가르치기 위해.
노인을 묻고 곡읍하던 자가
신생아를 보듬고 기뻐하니,
봄은 그렇게 오는 것.
이미 생명을 버린 자 생명을 얻을 것이요
몸을 버린 자 몸을 입게 되리니,
말씀으로 거듭 스스로를 거르고
지팡이에 기대어 목자(牧者)를 곤고하게 하지 않는 자
나에게로 오고
그 자신에게로 가리라.

나에게로 와서 피고
그 자신에게로 돌아가 기꺼이 썩으리라.
거름을 충분히 준 농원의 봄.
내 아버지의 봄.
아들은 혜살을 부리면서 싱둥하게
아버지의 일을 배우니,
나의 봄에서 똥거름 냄새는
라일락 향기와 잘 섞여
대기의 숙성을 도우리.
봄은 그렇게 오는 것,
봉헌하는 자와 음복하는 자가
함께 손을 잡고서.

기도

— 사순절 40

오래 가물어 갈라터진 나의 입에,
석이처럼 오그라든 나의 혀에
세 개의 씨앗을 올려놓아
그 싹으로 하여 마지막 기도가 되게 하라.
눈부신 나무의 비유로 이 땅의 진설이 잉태되기 전부터
허공의 물과 암흑의 대양 속을 떠돌았던
기도. 어쩌면
한 줄기 숨결이었을지 모를.
내 굳은 턱 안에서 나의 언어가 쉬고
뇌수가 몽땅 빠져나간 내 누개골 안에서
말씀들이 비로소 속삭이기 시작할 때.
바로 그때,
죽음이 염을 한 쓸모없는 살에, 그 살의
가장 오래된 탐욕에, 탐욕의 종(鐘)인
입에 피로 적신 씨앗들을 뿌려
그 싹으로 하여 나의 마지막 찬미가 되게 하라.
죽음이 잠재운 두려움의 왕국에 뿌리내릴
순연한 것들, 엽록으로 갑옷을 지어 입은

전사들. 동틀 무렵

샘의 미소를 가진.

내 것 아닌 생명으로 씨 뿌리고 갈무리했던

부끄러운 날들을 돌이켜

나, 한 떼기 밭으로 진토 될 터이니

내가 갖지 못한 그대의 씨앗으로 경작하여 눈뜨게 하라.

나를 식목하여 일어서게 하라.

그대, 하늘의 십이궁으로, 대지의 열두 지파로,

땅 속 열두 개의 지각판으로 흩어져

성령의 나라를 세울 목자여.

가난하고 소박한 신의 종자(從者)여.

말이 잊히고 혀가 썩고 절대의 서판(書板)들이 먼지

가 될지라도

죽음으로써 내 삶이 헛되었음을,

죽음으로써 정녕 내가 거듭남을 알게 하라.

잠시 후 그가 다시 물었다.

요한의 아들 시몬아. 네, 주님. 진정 네가 나를 사랑하느냐?

네. 주님이 아시는 바와 같이 저는 주님을 사랑합니다.

그렇다면 내 어린 양들을 잘 돌보아라.

세 번째로 그가 물었을 때 베드로는 울었다.

그는 성문 밖에 혼자 서 있었다. 네가 정말 나를 사랑한다면

내 양들을 잘 돌보아라.

잘 돌보아라.

시인의 말

"그는 지혜가 거주할 자리와 함께 슬픔이 거주할 자리도 항상 마련해두고 있었다."

이 말은 파블로 네루다가 폴 엘뤼아르를 가리켜 한 말이다.

지혜가 거주할 자리와 함께하는 슬픔의 거주지.

네루다는 어느 인터뷰에서 슬픔에 관해 또 다른 주목할 만한 말을 남기고 있다.

"로버트 프로스트는 어느 수필에서, 시는 슬픔을 유일한 길잡이로 삼아야 한다는 뜻으로 '슬픔이 시와 더불어 홀로 있게 하라'는 말을 했습니다⋯⋯."

*

나에게 있어서 지난 칠 년이 그러하였다.

많은 사람들이 자기 정신의, 자기 사유의, 또한 자기 초극의 히말라야를 오를 때, 나는 내 슬픔의 해구(海

溝)에 도달하고자 하였다.

산소가 희박한 설산이 아니라 11,034미터 깊이의 해연(海淵)이 나를 불렀던 것이다.

얼마나 높은 곳까지 오를 수 있느냐는 문제보다 얼마나 깊은 곳까지 하강할 수 있느냐가 나의 관건이었다.

*

여기, 내가 그 언저리를 더듬어 보았던 마리아나 해구가 있다.

대지의 가장 깊은 곳, 영혼의 가장 낮은 곳에서 방황했던 날들의 노래들이다.

화산이 분출하는 해연의 암흑 속에서 내가 허만 멜빌의 다음과 같은 문장을 읽은 것은 착란이었을까?

"그의 이름을 영원한 것으로 만들려면 그 이름을 무거운 돌에 새겨 깊은 바다 속에 빠뜨려야 한다. 바다 속의 심연이 저 높은 정상보다 오래간다."

하지만.

돌보다 더 낮은 곳으로 내려가기 위해 항상 돌보다 더 무거워야 하는 것은 아니다.

그리고 슬픔에는 이름이 없으며, 만약 슬픔에 어떤 영원성이 있다면 그것은 슬픔이 언제나 생명의 가장 가까운 곳에 자리 잡고 있기 때문일 것이다.

생명과 슬픔은 같은 눈높이로 서로를 마주 본다.

2013년 3월. 김영래

사순절
— 마흔 번의 순례, 마흔 개의 노래
ⓒ 김영래

초판 인쇄 2013년 3월 21일
초판 발행 2013년 3월 25일

지은이 김영래
펴낸이 홍순창
펴낸곳 토담미디어
100-380 서울시 중구 퇴계로50길 12(묵정동, 2층)
Tel 02-2271-3335 Fax 0505-365-7845
출판등록 제2-3835호 2003년 8월 23일
http://www.todammedia.com
북디자인 김연숙
ISBN 978-89-92430-73-9